雨の夜、夜行列車に

赤川次郎

角川文庫
20151

雨の夜、夜行列車に　目次

1　目覚め

「止れ！」

夜の中から、鋭い叫び声が上った。

車が急ブレーキをかける。富田《とみた》恒宏《つねひろ》はウトウトしていたのだが、その勢いで前のめりになって、危うく前の座席の背に額をぶつけるところだった。

「何だね、一体——」

と、言いかけると、隣の席にいたＳＰが、

「伏せて下さい、大臣！」

と怒鳴った。

車に向って駆けて来る足音、ダダダ、と断続的な銃声が聞こえて、車の窓ガラスが真白になった。細かく砕けた破片が車の中に飛び散る。機関銃だ！

富田はあわてて頭をできるだけ低く、かかえ込むようにした。すぐ耳もとで銃が鳴った。ＳＰが撃ち返しているのだ。

機関銃の音が、さらに続く。ＳＰが低く呻《うめ》いて、そのまま、富田の上に覆いかぶさって来た。

やられたのか！——おい、どいてくれ！　重くて動けないじゃないか！

誰か！　白バイは？　やられたのか？　運転手は？

犯人は逃げていない。足音が聞こえないからだ。中を覗《のぞ》き込んでいる。

やめろ！　銃口を車の中へ突っ込んで、引金を引く——やめてくれ！

この私を殺して、日本の未来はどうなると思うんだ！　やめろ！　誰か駆けつけて来い……。

「——誰か」

実際に声を上げたらしい。

その声で——富田は目が覚めた。

布団に起き上る。富田は……。車の中ではない。SPも、テロリストもいない。

そうだ。ここは自分の家の、寝室だ。

富田は、大きく何度も息をついた。心臓が、限界ともいえる早さで打っている。——

鎮まれ。落ちつけよ。

そう。——そうだ。ゆっくり。急ぐな。

もう、この先長く使うわけじゃないんだ。のんびりやってくれ……。

「——旦那様《だんなさま》」

障子の向うで、声がした。「ご気分でも……」

「ああ。――いや、ちょっと夢を見ただけだよ」

と、富田は言った。

もう大丈夫。声も震えていない。

「お茶でもお持ちしますか」

「いや……。そうだな。もらおうか。ああ、ちょっと汗をかいた。タオルを取ってくれ」

「着がえられた方が――」

「いや、それほどじゃない」

「失礼します」

もう長年この家にいる中田《なかた》貞子《さだこ》が、静かに障子を開けて入って来る。

「――すまん。いやな夢だった」

七十四にもなって、悪い夢で目が覚めるんだからな。子供のようだ。

富田は少し照れていた。

タオルで首筋や胸の辺りを拭《ぬぐ》う。首周りによく汗をかくのである。

その間に、中田貞子がお茶を運んで来てくれる。

「ああ、ありがとう。――今、何時ごろだろう?」

「もうすぐ五時になります」

「そうか」

どうせ、五時半には目が覚めるところだ。のんびり起きるか。

「天気は良くなさそうだな」

と、富田は言った。「膝《ひざ》が少し痛む」

「今日は午後から本降りになるとか。底冷えがするかも分りませんよ。――ご旅行は少しのばされては？」

「そうはいかん」

富田は首を振った。

「でも、悪い夢をご覧になったんでしょう？　大切なお体ですもの、充分ご用心なさらないと……」

中田貞子の言葉は、この老人の胸を熱くした。

「心配してくれてありがたいよ。しかし、政治家というやつは、自分一人の体ではない。どうにも動けないというのならともかく、動ける間は、予定を変えることは許されんのだ」

富田は、大きく深呼吸をした。――よし。少し頭がすっきりしたようだ。

「でも、今は物騒な人たちがいますのでしょう？」

と、中田貞子が心配そうに、「充分にお気を付けて――」

「ちゃんと警察が守ってくれる。大丈夫さ」

と、富田は笑顔になった。

そうだ。たかが夢といっても、それが悪い予感になって、的中することもないとはいえない。警備の責任者に電話をしておこう。

なに、向うはそれが仕事なのだ。

「少し横になってから起きるよ。──急がんでもいい」

「はい」

中田貞子は立ち上ると、「ご朝食はいつものように？」

「うん。いつも通りが一番いい。変ったことをすると、ろくなことにならんからな」

「かしこまりました」

中田貞子は、障子を開けて出て行った。

富田は、横になって、暗い天井を見上げていた。──そうだ。テロなどにおびえてはいられない。俺は政治家なのだ。俺がいなくなったら、日本は……。

障子の外で、中田貞子は、耳を澄ましていた。ほどなく、富田がまた眠り込んだのが、気配で分る。

中田貞子は微笑んで、ちょっと首を振った。

やっと子供を寝かしつけた母親のような笑顔だった。

これで、もう八時ごろまでは起き出すまい。こっちももう一眠りできる。

旅行の仕度は？　一応しておいた方がいいかしら？　でも、二回に一回は、目が覚めるとケロッと忘れていて、

「俺はどこにも行かんぞ」

と言い出すのだけれど……。

まあ、どうせ行くとしても夜行——たしか九時発だった。お昼過ぎに仕度しても充分に間に合うんだわ。

でも……。中田貞子は、廊下の窓から、まだほの暗い表に目をやって、

「出たくないわね、今日は」

と呟《つぶや》いた。

駅まで送って行くのも楽じゃないのだから……。

中田貞子は小さく欠伸《あくび》をすると、ちょっと身震いして、急いで自分の寝床へ戻るために歩いて行った。


ソファで寝ることにしたのは失敗だった、と亜紀子《あきこ》は思った。

下が柔らか過ぎて、体が一向に落ちつかないのだ。変にねじって、少し首も痛い。

でも……絞首刑になったら、こんな痛さじゃすまないわ。

「馬鹿ね！　何を考えてるの」

と、亜紀子は呟いた。

ベッドで寝て、寝過ごしてしまったら、とそれが怖くてソファにしたのだが、こんなことなら、目覚ましを三つもかけて、ベッドで寝た方が良かったかも……。でも、どう

せもう五時過ぎで、今さら眠るわけにはいかないのだ。

きっとベッドでだって、眠れなかったわ、と亜紀子は自分へ言い聞かせた。

——夜九時まで。時間は充分過ぎるくらいある。

でも、その間に、やらなくてはならないことが、いくらもあるのだ。

もう起きよう。

宮部《みやべ》亜紀子は、ソファに起き上り、頭を振った。

起きてみると、何もかもが夢だった、ってことにならないかしら？

あの人も、いつものように出勤して行き——といっても、あんまりまともに働いたことのない人だけど——私はお掃除、洗濯、のんびりTVを見て、それから買物に……。

外に出ても、刑事に尾行されることもなくて——。

「しっかりして！」

と、口に出して言った。

夢を見ている時じゃないのだから。

外では刑事が張り込んで、どこへ出かけるにも、必ず尾行して来る。それを何とかしなくてはならない。

「さあ……。目を覚ますのよ」

亜紀子はそう呟いて、立ち上ると洗面所へと歩いて行った。

冷たい水で思い切り顔を洗う。——タオルで拭って、ふと前を見ると、鏡の中に、自分の顔があった。

意外なくらい、変っていない自分の顔。

二十七歳には見えないね。――いつも、そう言われる。

ちょっと童顔なのである。二十二、三といっても通用するかもしれない。もっとも、今はこの地味な格好だから……。

もっともっと老けていてもいいのに、と思った。

いや、老けてしまいたいわけじゃない。しかし、心は疲れ、やつれて老けているのに、こうして顔だけが若いと、奇妙にがっかりしてしまうのである。

時々、夢を見る。夫が逮捕されて、一夜にして、自分の髪が白くなってしまうという夢だ。時にはあまりに真に迫っていて、ドキッとして目が覚め、あわてて鏡を覗《のぞ》き込むこともあった。

でも、そこにあるのは、相変わらずの童顔……。彼が、初めて会って、亜紀子の年齢を聞いた時、

「へえ、若くみえるねえ」

と、意外そうに言った、その童顔なのである。

亜紀子は、顔を洗って、少し頭がすっきりすると、カーテンを開けて回った。

いつもの通りだ。――これが肝心のことなのだ。いつもの通りに、振舞うこと。

外へ目をやって、ちょっと顔をしかめた。雨が降りそうだ。

いや――それはいわば反射的な反応で、本当は雨の方が都合がいい。雨と傘で、顔が隠れるし、それに洗濯をしなくても不思議には思われない。それだけ、時間が自由に使えるというわけだ。しかし――時間だけが自由でも、行動は自由でない。

亜紀子は、カーテンを開け、表の通りに面した窓から外を覗いた。

今朝も立っている。今日は若い方の刑事だ。もちろん、どこかにもう一人、隠れているか、それとも、食事にでも行っているのか。

「ご苦労様」

と、亜紀子は呟いた。

あの女、こっちを見てるな。

工藤《くどう》は、タバコに火をつけながら、思った。――全く、刑事ってのは因果な商売だ。張り込み、という最も効率の悪い仕事。

もちろん、工藤は、それがいやなのではない。ただ、時には、苛立《いらだ》って、あの家の中へ踏み込んで、女の口から、宮部の逃げた先を訊《き》き出してやりたいと思う。

現実には、そんな真似はできないが。

「――おい」

足音がして、振り向くと、工藤の先輩小村淳一《こむらじゅんいち》がやって来るところだった。

「ご苦労さん」

と、小村は言った。「どうだ？」

「変りありません」

答える方も、いい加減うんざりして来る。「本当に来ると思いますか？」

工藤は、ついそう訊いていた。

「俺は知らん」

小村に答えられるわけがない。ただ、ここを見張るのが仕事だから、見張っているだけなのだ。

「冷えるな」

と、小村は首をすぼめた。

四十二歳。少し、無理の応《こた》えて来る年齢である。工藤良治《りょうじ》はまだ二十七。

しかし、眠気は若い工藤の方が強い。今も大欠伸をしていた。

「しかし、宮部は女房ぐらいしか頼る相手がいないんだ」

と、小村は言った。「いざ逃げるとなったら、来るだろう」

「でも、女には手の早い奴だったんでしょう？」

「そうだ。しかし、犯人の逃亡を助けるってのは、重罪だぞ。そこまでやってくれるのは、女房ぐらいだ」

「そうですね」

工藤は、宮部の家の方を眺めた。「——女房も知ってるんですか」

「何を?」

「亭主に女がいるってこと」

「そりゃ、分るさ。夫婦ってやつはな」

「それでも助けるんですかね」

と、工藤は首をかしげた。「分らないな、俺にゃ」

「独り者にゃ分るまい」

と、小村は言って、欠伸をした。「おい、何か食って来いよ。——代り映えしないけどな」

「分りました。じゃ、よろしくお願いします」

「ああ」

小村は、電柱にもたれて、手を振って見せた。工藤が歩いて行く。

若いってのはいいもんだな、と思った。

足取りのリズムが違う。小村の足取りは、こんな時間になると、もう引きずるようになってしまう。

「——畜生。いつまでこんなことをやってりゃいいんだ?」

と、小村のようなベテラン刑事でも、呟くことがある。

以前、小村がまだ刑事として新米だったころは、捜査そのものが、小人数で、その代り綿密に打合せをして、互いに他のメンバーのやっていることを承知していた。

つまり、自分の仕事の位置というものが分っていたのだ。

ところが最近では、そうでない。

一人一人の刑事は、自分のなすべき仕事だけを命じられる。事件の捜査の中で、自分のしていることがどの位置を占めているのか、分りにくくなっているのだ。

そうなると、疲れ方も違って来る。いわば仕上りの製品を目にすることなく、ただ途中でネジをしめている工場労働者にも似ているのだ。

もちろん、可能性があることは知っていた。さっき工藤に説明したように、宮部が逃亡するとしたら、妻の亜紀子に頼るしかないのだ。

だから、亜紀子を追っていれば、宮部に辿《たど》りつく。

宮部も、その点は承知しているだろう。その危険を犯しても現われるかどうか、というのは、一つの賭《か》けである。

工藤と小村が一組になって、宮部の家の監視を始め、もう十日たつ。

辛《つら》い時期である。むだになるか、それとものになるか、見当がつかない……。

小村は、少しめまいがして、目を閉じた。膝《ひざ》が痛む。この天候では仕方あるまい。

頼むぜ。——俺が元気な内に、やって来てくれよ。

小村は、そう心の中で呟《つぶや》いた。

工藤は二十四時間営業のレストランに入った。

レストランといっても、やたらあちこちに見かけるチェーン店だ。

この早朝では、カレーぐらいしか食べるものは出ない。

この店に何度か来て、よく分っているのだ。

工藤はオーダーしてから、公衆電話へと立って行った。

最近では却《かえ》って珍しくなった、ダイヤル式の旧式な電話である。最後の数字を回しながら、工藤はまた欠伸《あくび》をした。

しばらくは呼出し音が続いた。当然だろう。まだ早朝というにも早いくらいの時刻である。

――やっと、受話器が上った。

「はい……」

「眠ってた？　ごめんよ」

「あら――。外から？」

「うん。今、食事に来たところさ」

工藤は、ちょっと声を低くして、「怒ったかい？　この間は――」

「いいの。そのことはもう……。良かったわ、電話してくれて」

工藤は、相手の話し方が、いつもと少し違うのを感じた。大体が、あまり感受性豊かな方ではないのだが、この時ばかりは、そう感じたのである。

「何かあったの？」

――向うがいやに黙っているな、と思っていると、クッ、クッ、と押し殺したような声……。笑っているのかと思ったが、そうではない。泣いているのだと分った。

何がおかしいんだ、なんて訊かなくて良かった、と思った。

「おい。――どうしたんだよ」

工藤は落ちつかなかった。女に泣かれるのが苦手なのだ。得意な男はあまりいないだろうが。

「何を泣いてるんだ？　旦那《だんな》に、ばれたの？」

「そうじゃ……ないのよ」

グスグスとすすり上げている音。そして、フーッと切ないため息。

「気付くほど、私のことなんかに気をつかっちゃいないの、あの人」

「忙しいからな」

「今日、会いに来て」

と、女は言った。

「今日？　今日はなあ……。夜にならないと交替できないんだ。人手が少ないから」

「お願いよ。何とか昼間、時間を作って。――一生のお願い」

またか。工藤は苦笑した。この「一生のお願い」が、週に一度は出る。しかし、そう言われると弱いのも確かである。

「何時ごろなら？」

「早い方がいいわ」

「どこか外にしよう。君の家じゃまずい」

「いいわ。どこ？」

「この前の――ホテル」

「いいわ。車があるから。時間は？」

工藤はためらった。何といっても、張り込みの最中である。そして張り込みというやつは、当然のことながら、「予定」が立たないのだ。

しかし――もう十日間、何もなかったんだ。きっと今日だって……。一日ぐらいは、大丈夫だろう。

「じゃ、十一時ってのは？」

「いいわ、もちろん」

「少し遅れるかも――」

「待ってる。必ず来てね」

「了解」

「よして。主人みたいな言い方」

と、相手は言った。「主人、今、そばにいるの？」

「いや、今は交替で朝飯さ」

と、工藤は言った。「何か伝言はあるかい？」

「馬鹿ね」

と、小村初子《はつこ》は笑って言った。「もう愛してない、って伝えてよ」

工藤は、ちょっと笑った。

電話を切って席に戻ると、コーヒーが入れてあった。工藤は、思い切りコーヒーをガブ飲みした。

「やれやれ……。大分、目が覚めたな」

カップを空にしてしまうと、工藤はそう呟いた。

2　出勤

「あなた」

　と、妻が呼んだ。「あなた」

　二度呼ばれて、やっと沼木《ぬまき》は我に返った。

「ん？——何か言ったか？」

「いやねえ。大丈夫？」

　と、妻の知子《ともこ》が笑って言った。「まだ寝ぼけてるの？　もう七時二十分よ。早くしないと遅刻だわ」

「ああ、分ってる。ちょっと考えごとをしていただけさ」

　沼木正司は、少しぬるくなったみそ汁を一口飲んだ。「万里《まり》は？　もう起きて来る時間じゃないのか？」

「今日は試験休みよ。昼までに起きれば、いい方じゃない？」

　沼木は、ちょっとポカンとして、

「休み。——そうか」

と、言った。

「何かあの子に用だったの？」

「いや――そうじゃない」

沼木は首を振った。「出かけるか」

「今夜も遅い？」

知子が訊《き》く。あまり本気で訊いているわけではない。大体、早く帰って来ることなど、年に数えるほどしかないのだ。

二十年近い夫婦生活である。とっくに、一緒の夕食は諦《あきら》めてしまっていた。

「どうかな……。よく分らない」

沼木の返事に、ちょっと知子は戸惑った。夫が、こんな返事をしたことはない。いつも、ただ一言、

「そうだな」

と言うだけだったから。

そんな目で見ると、いつも見慣れた顔も、いつもとどこか違うような気がして来るものである。

沼木は、ネクタイを鏡の前で締め直すと、ピンで止めた。知子が上衣《うわぎ》を後ろからかけてやる。

「ああ。いいよ……。今日は、出かけるのか？」

「買物ぐらいはね。それともしかしたら、お昼ごろ、お隣の奥さんが誘いに来るかも。——何かご用？」

「いや、訊いてみただけだ」

沼木は、鞄《かばん》を手に取った。「——行って来る」

「今日はコートが必要よ。傘も」

「降りそうだな」

玄関へ出て行った沼木は、ちょっと足を止めると、

「ああ。——忘れ物があった」

「何？　取って来るわ」

「いや、仕事の物だから、俺が行く」

沼木は、狭くて急な階段を、足早に上って行った。狭くて急でも、この家の広さには、これがぎりぎりのスペースである。

沼木は、二階に上ると、ちょっと息をついた。

——だらしのない話だが、四十代も半ばにさしかかって、急に足が衰え始めている。以前なら、一気に駆け上れた、駅の階段も、終りの五、六段はハアハアと息を切らしてしまうようになった。

二階へ上ったものの、沼木の足は、夫婦の寝室や、自分の書斎——実質上は本棚のある物置だったが——の方へは向かわず一人っ子の万里の部屋の前に止った。

少しためらってから、ドアをそっと開ける。

万里の部屋は、赤い光に満ちていた。カーテンが赤で、それを通して、朝の明るさが透けるように流れ込んでいるからだ。

ベッドの上で、万里は横を向いて眠り込んでいた。寝相はいいとは言いかねるが、十七歳だ。仕方あるまい。

まるで持て余しているかのように、長い足がベッドからはみ出して、宙に突き出ていた。

沼木は、そっとベッドの方へ近寄ってみた。

少し口を開き加減にして、万里はちょっとやそっとでは目を覚ましそうもない。パジャマが少しめくれ上って、お腹が出ている。毛布は、なぜか体の下になってしまっていた。

万里には、妻の知子の面影が強い。知子に言わせれば、「性格はお父さん似」ということになるのだが。――いや、そんなことはあるまい。頼むから、そんなことにはならないでくれ。

寝息が、立っている父親の耳にまで届いて来る。健康で、若かった。その深い眠りに、まぶしいような「若さ」があふれている。

万里の、すべすべした頬へと手をのばし、沼木はためらった。――起こしてしまわないだろうか？

いや、大丈夫だろう。こんなにぐっすりと眠っているのだから。

だが、その時、階下から、

「あなた。──急がないと」

と、知子の声が聞こえた。

意外に長く、万里のそばに突っ立っていたらしい。

沼木は、諦めて万里の部屋を出ると、そっとドアを閉めた。

階段を下りて行く。──その内、一度は転り落ちるのではないかと心配だったのだが、ついに落ちる機会もなかったな、と思った。

「はい、傘。──大きい傘にする？」

「いや、今降ってるわけじゃないんだ。折りたたみで充分さ」

沼木は玄関で靴をはくと、コートをはおり、「──行って来る」

「行ってらっしゃい」

玄関から一歩踏み出したところで、沼木は振り返った。

「──何？」

知子の問いに、ただ微笑んで首を振り、沼木は、外の冷たく湿った空気を吸い込んでから、歩き出した。

知子は、何となく夫の様子が気になって、見送っていたが……。

家の前の通りから、広い道に出ると、そこがバスの通る道である。見ていると、駅の方へ向うバスが走って行くのが、目に入った。

当然、夫が走り出す、と思った。バス停は角を曲ればすぐで、しかも、必ず乗る人が大勢いるので、走れば間に合うからだ。

しかし——夫にも当然バスが来たのは見えているはずなのに、夫は駆け出さなかった。まるでバスになんか、何の興味もないというように、同じ調子で歩いて行くだけなのだ。

——あの人、どうかしているわ、今朝は。

知子は首を振った。

「一度、お医者さんにでも行けばいいのに」

そう呟《つぶや》いて、知子は中へ入ると、ドアを閉じた。チェーンをかけるのも、忘れなかった。

間に合いたくもない時には、のんびり歩いていても間に合うもんだ。

沼木は、皮肉な思いで、考えた。

バス停に着いた時、ちょうど、並んでいた人たちがほぼ乗り終えたところで、沼木は息一つ切らさずに、うまくバスに乗ることができた。

定期券を見せて、もうかなり混み合ったバスの奥の方へと入って行く。

いつもなら、バスが見えたら、必死で走って来て、ハアハア喘《あえ》ぎながら並んで乗るのに……。のんびり歩いて来ても同じことだったのだ。

人生ってのは、こんなものかもしれない。走らなきゃ、目的地に行きつけない、といつも思い込んでいるが、そうじゃないのだ。ただひたすらに、ゴールだけを見つめて一心に走っても、ぶらぶらと左右を見物しながら歩いても、結局、同じ所へ辿《たど》りつく。ほんの少し早いか、遅いかの違いだけで、そして、早い方が「いい着き方」だとも限らないのだ……。

そんなことを考えたのは、全く沼木にとっては珍しい――いや、初めてのことかもしれなかった。

大学を出て、入社してから、二十年以上の間、ひたすら走り続けて来たのだから。走る以外の人生があるなどと、考えたこともなかったのだ。

やっと、一つ、空いた吊革《つりかわ》を見つけてつかまった。席ではない。ただの丸い輪が一つだ。

この時間には、それすら空いていない。

吊革一つ、空いているのを見つけて、しっかりと手で握ると、何となくホッとする。

――考えてみれば、何とも侘《わび》しいことではある。

ただ、事実として、どこもつかまる所もなく、駅までの三十分間、足だけでバランスを取って乗って行くというのは、ひどく疲れることには違いなかった。

駅まで？――駅まで行って、どうするんだ？

もう、俺には行くところなんかないのに……。

「――沼木さん」

誰かの呼ぶ声がした。――空耳だろうか？　それとも、よく似た別の名を呼んだのか。

「ぬ、ま、き、さん！」

ちょうど子供が、よその子を遊びに誘う時、表から呼びかけるように、その女の声はリズムをつけて、下の方から届いて来た。

沼木は目の前の座席からこっちを見ている笑顔に、やっと気付いた。

「何だ、米田《よねだ》君か」

「なかなか気が付かないんだもの」

米田恵理《えり》は、クスクス笑っていた。

「大人をからかうなよ」

と、沼木は言った。

「あら、私だって一応大人ですけど」

「まだ十代じゃないか」

「これでも二十歳になったんですよ。つい先週」

「そうか」

米田恵理は、小柄なので、見たところ高校生ぐらいと言ってもおかしくない。もちろんれっきとした（？）ＯＬではあるけれど。

「座りません？」

「え？」

「私、始発で乗るから、座って来られるんです。でも若いから。沼木さん、座ったら？」

「いや――」

沼木は、もちろん断ろうとした。俺だって、まだ四十五なんだ。老人じゃないんだぞ。

しかし、その言葉がすぐには出て来なかったのは、やはりくたびれているせいなのだろうか？

「さ、どうぞ、座って。――はい、座って」

何だか、わけの分らない内に座らされてしまった。

「いや……。すまない」

「ちっとも」

と、首を振って、「沼木さん、今どちらなんですか、お勤め？」

「うん……。まあ色々とね」

と、沼木は曖昧《あいまい》に言った。

「でも、良かった」

と、米田恵理はニッコリ笑った。

「良かった、って？」

「ええ、だって、もっと落ち込んでるかと思ってたんですもの。でも、凄《すご》く元気そう。ホッとしちゃった、私」

沼木は、つい笑ってしまった。

若いというのは、いいものだ。こんな風に素直にものが言えるというのは。

もし、もっと古い社員に、どこかでばったり出くわしたとしても、きっとこんな風に声をかけては来ないだろう。ついこの間までの同僚でも、クビになった男と口をききたいとは思わないだろう。

米田恵理のように、若くて、こだわりのない間柄だからこそ、こうして口をきいてくれるのだ。

「——会社の方は、相変らずかい」

と、沼木は訊《き》いてみた。

「ええ。課長は相変らずハゲを気にしてるし、メガネおばさんはガミガミやかましいです」

沼木は笑った。

こんな風に笑えるなんて、今日、家を出て来る時には、考えもしなかったが。

バス停に停る度に、混雑はひどくなって来る。

「——大丈夫かい?」

米田恵理が、ギュウギュウ押されて斜めになってしまうのを見て、沼木は言った。

「悪かったね、代ってもらって」

「いいんです……。これも美容体操の一つ」

と、米田恵理は、息を切らしながら言った。「それに、あと二つで駅ですもの」

あと二つか。そうだ。――沼木は、窓の外へと目をやった。

古くからある薬局が、すぐ目の前を通り過ぎた。バスに乗っていて、この看板が見えると、ああ、もう少しだ、という気持になるのだ。

この風景を見るのも、これが最後かもしれない。いや、最後にするつもりで、家を出て来たのではないか。

「――朝、お会いしたの、初めてですね」

と、米田恵理が言った。

「うん？――ああ、そうかな」

沼木も、米田恵理が同じ辺りに住んでいることは知っていたが、確かに朝、出会ったことはない。よりによって、こんな日に出会うというのも、面白いものだ。

「ずいぶん早く着くんじゃないのかい？」

「当番なんです。朝のお茶出し」

「ああ、そうか」

「いつもより三十分も早いんですよ」

そういえば、彼女は九時のチャイムぎりぎりに駆けつけて来る何人かの一人だった。

「そいつはご苦労様」

「さぼっちゃおうかな、って思うんですけど、後がうるさいし」

と、米田恵理は愉《たの》しげに言って、「そうだ。沼木さんの湯呑《ゆの》み茶碗《ちゃわん》、まだあるんですよ、給湯室に」

「そうか……。持って帰るのを忘れたんだな。捨てといてくれ」

「あら、もったいない。とてもいい茶碗なのに」

どんな茶碗だったかな、と沼木は思った。――何年も同じものを使っていたはずなのに、思い出せない。

しかし、二十年以上も勤めて、残ったものが茶碗だけ、と思うと、何だか情ない気持ではある。

自分のせいだ。そう言われれば、反論のしようもないが……。

クビになった。――もう十日も前のことだ。

当然退職金も何も出ない。

それを、妻の知子にも、打ちあけることができずにいる。こうして、毎日同じ時間に家は出るのだが、ただ方々歩き回り、時間を潰《つぶ》して、帰って来るのだ。

しかし、そんな生活にも、もう堪えられなかった。終りにしなければ。終止符を打つのだ。

「じゃ、私、使っちゃおうかな」

と、米田恵理が言った。

「え？」

「沼木さんの茶碗、構いません？」

「ああ、もちろん。しかし、若い女の子には向かないんじゃないのかね」

「ああいう渋いのって好きなんですもの」

「じゃ、構わないよ。使ってくれ」

「サンキュー。大事にしますから」

明るいものだ。屈託のない、この笑顔……。

つくづく、沼木は羨《うらや》ましいと思った。

――バスが駅前に着いた。

下りるのが、また一騒動である。ワッと駆け出す者、スポーツ新聞を買いに売店に寄る者、のんびり欠伸《あくび》しながら歩いて行く者……。

色々である。

下りるのも、何となく米田恵理と一緒になった。

「沼木さん、どこまで行くんですか？」

訊かれて、沼木は一瞬、詰った。

「うん……。ちょっと電話をかけてから行くから。君、先に行ってくれ」

「そうですか。じゃ、お先に」

「うん。ありがとう、今日は」

「いいえ！　じゃ、頑張って！」

米田恵理が、足早に改札口へと歩いて行くのを、沼木は見送っていた。同じ「早い足取り」でも、沼木なら「あわてている」ように見えるだろうが、彼女のように若いと、「元気がいい」と見える。

俺にも、あんなころがあった、と沼木は思った……。

さて。——どうしようか。

ともかく、どこかへ落ちついて考えよう。

沼木は、駅の周囲を見回した。

もちろん、パチンコ屋とか、大きな店は開いていないが、喫茶店は結構開いている。

朝食を、ここに寄って食べて行くサラリーマンが多いのだ。

沼木はその一軒に入った。七割方、席は埋っている。

奥まった席に座って、朝食は摂《と》っていたので、コーヒーだけを注文する。

コートを脱いで、傍に丸める。鞄《かばん》を開けると、中からビジネスダイアリーを取り出した。

ページをめくって行くと、毎日の予定が、びっしりと埋っている。忙しいが、充実した日々……。

次の予定。明日の約束に突き動かされるように駆け回った日々……。

しかし――突然、真白なページになる。

誰とも会う予定がなく、何の約束もない。打合せも、接待も、手紙の返事も。

ただの空白。

それは、ゾッとする光景だった。

予定表が空白になることは、自分が空っぽになることだった。――それは、真白な闇、のっぺりとした底知れない落とし穴だった。

コーヒーが来て、ウエイトレスが、

「新聞、ご覧になりますか」

と訊いた。

「いや、いいよ。ありがとう」

――こんな所で、みんなが忙しく出勤して行くのに、のんびりコーヒーなど飲みながら新聞をめくっていたら、どう見えるだろう？

「あいつ、失業してるんだぜ」

という声が聞こえて来るような気がした。

「ほら、新聞開いて、仕事を捜してる。求人欄を見てるんだぜ……」

――違う！　俺は違う。そんな――そんな真似なんかするもんか！

沼木は、ノートを閉じた。こんな風に、自分の人生を閉じることができたら。

いっそ、潔く……。

——突然、誰かが目の前に座った。
一人になりたいのに。——顔を上げて、沼木はびっくりした。
座っていたのは、米田恵理だったのだ。

3　背信

電話が鳴ったのは、午前十時だった。

宮部亜紀子は、急いで受話器を上げた。

「もしもし」

と、名乗らずに言ってみる。

こっちがしゃべってからでなければ、夫は口をきかない。

「亜紀子か」

ホッとした声だった。

「電話、待ってたのよ。朝の内にかける、と言ってたから」

「うん。分ってる。すまん。――何しろゆうべはなかなか眠る所が見付からなかったんだ」

今起きたばかり、という声には聞こえなかった。

「そう。体調は？」

「まあ、何とかね。君はどうだ」

「元気よ」

と、亜紀子は言った。「今夜、九時の列車よ。──分ってるわね」

「もちろんだ」

「身軽にして来てね。ホームで待っているから」

「分った」

宮部は、少し間を置いてから、「まだ、見張ってるか?」

「当り前よ。それが仕事なんだから」

亜紀子は、微笑んだ。「一人?」

「ああ、もちろんだよ」

「今日は雨になりそうよ。尾行をまくにはちょうどいいわ」

「気を付けてくれよ」

「私は何とでもなるわ。あなたの方が危いでしょ」

「金をおろせそうかい?」

「銀行まで行くのが一苦労だと思うわ。何とか考えるから」

「すまないな」

今さら、と亜紀子は苦笑した。

「いつも通りにしないと、怪しまれるから、買物に出るわ。昼過ぎに帰って、改めて出かけるから。何かあったら、そのころ電話してね」

「うん。何だか、ヘアスタイルを変えたんで落ちつかないよ、頭の辺りが」

「あんまり歩き回らないようにね、夜までは」

「分ってるよ。君は――」

と、言いかけた時、女の声がした。

「どうしたの？」

とか、何とか言っているのが、亜紀子の耳にも聞き取れた。

宮部がパッと手で送話口を押えるのが分った。――黙ってろ、とでも怒鳴っているのだろう。

「ああ、それじゃまたかけるよ！」

「何かあったら、ね。何もなければ、九時少し前にホームで」

「ああ、そう――そうだな。じゃ、向うで」

「ええ」

向うが、あわてて電話を切る。

亜紀子は受話器をそっと置いた。――どこの女の所にいるのか。

亜紀子に聞かれて、あわててしまうところが、いかにも彼らしいのだ。

亜紀子は、買物に出る仕度をした。――財布を覗《のぞ》く。

三万円足らずしかない。これが今家の中にある現金の総《すべ》てである。何とかして、銀行からおろして来なくては……。

もっと前に出しておくべきだった。――今さら悔んでも仕方ないが。

もちろん、自分の預金をおろすことで、文句を言われることはあるまい。ただ、預金全部を引き出したりすれば、それこそ今夜逃げ出すと宣伝しているようなものである。しかし、一旦《いったん》逃亡生活に入ったら、銀行に立ち寄って預金を引き出したりすれば、すぐに足がつく。何とか、刑事の目をごまかすしかない……。

何かいい方法はないかしら……。

亜紀子は、窓から、どんよりと曇った空を見上げて、ため息をついた。

「いてて……」

工藤は、体を二つに折って、呻《うめ》いた。

「おい、大丈夫か」

と、小村が工藤の肩を叩《たた》く。

「すみません……。畜生、こんなこと、めったにないのに……。いてて……」

工藤は、近くの家の石垣に、腰をおろしていた。ハンカチで顔を拭《ぬぐ》いながら、

「たまにこんなことが……」

「胃か？——若いからって、無理するからだぜ」

小村は首を振った。「いいさ、帰ってろ。誰かよこしてもらうから」

「だけど……小村さん一人で……」

「俺は大丈夫だ。いいから、帰って寝てろよ。そんな様子じゃ、宮部が現われたって、

追いかけられないぞ」

「すみません……」

工藤は、そろそろと立ち上ると、「じゃ、連絡を入れてから――」

「俺がやるからいいよ。お前は真直ぐ帰って寝てろ。――いいな？」

「はい……」

「タクシーを拾ってやろう」

「いえ……。大丈夫です。ここを離れちゃ、まずいですよ」

「自分で拾えるのか？」

「大丈夫です……。じゃ、すみません」

「ああ。お前は一人だろ？　医者へでも寄ってけ」

「そうします……」

工藤は、まるで腰の曲った年寄りのようによろけながら、ゆっくりと歩いて行った。

「気を付けろよ」

小村の声がすると、工藤は振り向かずに、ただちょっと手を上げて見せた。

そして――工藤は道の角を曲ると、足を止め、腰をのばして、フゥッ、と息をついた。

「やれやれ……」

苦しむ演技も楽じゃないよ。

工藤は、タクシーがちょうど通りかかるのを見て、手を上げた。

「——M坂へやってくれ」

ホテルまで、車が混むと四、五十分もかかることがある。あまり混んでいるようなら、途中で下りて、地下鉄で行こう。

初子を待たせるわけにはいかない。怒らせるとヒステリックになって、怖いのだ。夫が、ほとんど家にもいなくて、構ってくれないのでは、苛立《いらだ》つのも当然かもしれないが、その点は工藤だって同じだ。刑事という商売の宿命とも言える。

初子の怖いところは、もちろん工藤のいつも組んでいる当の相手の妻、ということもあるが、小村より大分若くて、工藤との関係でも、半ば本気になりかけていることだ。小村は四十二歳。初子は三十五である。工藤が二十七だから、初子は八つも上ということになるが、初子にすれば、七つ年上の亭主よりも八つ下の恋人の方が可愛い。子供がないせいもあってか、初子は充分に自分の時間を持っている。

——初めは、工藤が小村の家に招《よ》ばれ、夜っぴて酒を飲んで、二人とも酔い潰《つぶ》れてしまった時だった。

工藤の方が回復が早く、まだぐったりと眠り込んでいた小村をわきに見ながら、起き出して顔を洗った。

鏡の中に、じっと工藤を見つめている初子の顔が映り込んでいた……。

二人は、小村が酔って寝ている、そのすぐ隣の部屋で、愛し合ったのだった。

工藤も、その後はずいぶん気にしていた。小村の家には、招かれても足を向けなかった。

　しかし、その内、仲間の間でも、小村の女房のことはずいぶん噂になっていることが分った。

　そして、不思議に、工藤が最初というわけではなかったのだ。小村は何も気付いていないのだった。

　その内、初子の方から、工藤のアパートへ電話がかかって来た……。

　以来、工藤はしばしば初子に会うようになっていた。小村はもちろん、工藤が自分の妻と寝ているなどと、思ってもいない。

　――タクシーは、まずまずの調子で、走っていた。これなら約束の時間に間に合いそうだ。

　いくら遅れても待っている、と言いながら、遅れて行くと、ひどく苛立って、食ってかかったりする。その気性の激しさが、工藤にとっては、若い女の子にはない魅力でもあった。

　しかし……。本気になられては困るのだ。

　まあ、まさか初子だって、無茶なことはしないだろうが……。

　会えばどんな話が出るか、上機嫌か、不機嫌か。

　全く予測のつかないのが、また楽しみでもある。

　工藤は、待ち合せたホテルが近付くにつれ、すっかり目が覚めてしまっていた……。

亜紀子は、ショッピングカーを引いて、玄関を出た。

雨がいつ降ってもおかしくない雲行きである。

足早に歩き出すと、ショッピングカーの車輪が、ガラガラと音を立てる。その後から、足音が。

またついて来る。尾行も大っぴらだった。

精神的に、亜紀子が参るのを待っているのかもしれない。

角を曲る時、チラッと振り向くと、今朝見た若い刑事ではなくて、中年の刑事の方だった。少しくたびれた感じの、いかにも役人風の印象の男だ。

人間、尾《つ》け回されているのは面白い気分のものではない。いつも、亜紀子はわざと足を早める。

今日も、そうすることにした。いつもと同じように、同じように振舞うのだ。

チラッと後ろを見てから、ぐんと足を早めた時、急に小型のトラックが目の前に飛び出して来た。

声を上げた。わきへよけようとして足がもつれる。アッと言う間もない。

すぐ傍の塀に、肩をいやというほどぶつけた。

バリバリ、と音がした。ショッピングカーが、トラックのタイヤに、ひかれている。

亜紀子の手から、ショッピングカーが逃げて行った。いや、むしろ見えない手が、凄《すご》い力でもぎ取って行った、という方が近いだろう。

そのあおりで、亜紀子は、転倒した。一瞬目の前が真暗になったのは、つい目をつぶっていたからのようだ。

「おい！　大丈夫か！」

と、呼ばれてハッと目を開いた時、もうトラックは走り去ってしまっていた。

亜紀子は、息をついた。――ショッピングカーが、見るも無残に、パイプが曲り、車輪がはじけ飛んで、転っている。

「おい、気を付けて歩けよ！　あんな風になっちまうぞ」

上から、覗《のぞ》き込んでいるのは、年長の刑事だった。

亜紀子は、無性に腹が立って来て、

「誰のせいで、急いで歩いてると思ってんのよ！」

と、言葉を投げつけた。「放っといて！」

立ち上ると、少し腰や肩は痛んだが、けがはしていないようだった。

「気が強いな」

と、刑事は苦笑した。「けがはないのか」

「――何ともありません」

と、亜紀子は、息をついて、言った。

ここで刑事と喧嘩《けんか》でもしては、損だ。

もし、警察へでも連れて行かれたら、今夜、あの人と逃げ出せなくなる。

それだけは何としても避けなくてはならないのだ。

「すみません、カッとして……」

と、亜紀子は言った。

「いや、けががなきゃ結構だ。——あのトラックも不注意だな。しかも行っちまった。届けるか？」

「いいえ」

と、亜紀子は首を振った。

「そうか」

と、刑事は言って、「しかし、膝《ひざ》をすりむいてるじゃないか」

言われて、初めて気付いた。右の膝を少しすりむいていて、血が出ていた。

「別に、痛くもありませんから」

と、亜紀子は言ったが、まさか、このまま買物に行くわけにもいかない。

「家へ戻るんだろ？　じゃ、そのショッピングカーを持ってってやる。今度、ゴミに出すんだな」

いいんです、と言おうとしたが、もう刑事の方は、転って行った車輪を拾いに行っている。——やらせておこう。少しはこっちの役にも立ってほしいわ。

「——歩けるか？」

と、刑事が訊《き》いた。

「もちろんです」

と、亜紀子は言って、家の方へと戻って行った。

「うっ！」

と、刑事が呻《うめ》いた。

びっくりして振り向くと、刑事が、手に持っていたショッピングカーの残骸《ざんがい》を取り落とし、左手をギュッと押えて、顔をしかめている。

「――どうしたんですか」

と、亜紀子は訊いた。

「畜生……。パイプのねじ切れた所で――指を切った」

血がポタポタと落ちた。亜紀子はギョッとして、息をのんだ。

「全く……。ドジをやったな」

刑事は、右手でハンカチを出すと、何とか左手の傷に巻こうとした。

「無理ですわ」

と、亜紀子は言った。「家へ来て下さい。手当しますから」

刑事が、戸惑ったように亜紀子を見た。

「そんな汚れたハンカチ。却《かえ》って、傷が悪くなるわ」

「うむ……。すまんね、それじゃ――」

「さあ、早く」

亜紀子は刑事を促しておいて、急ぎ足で先に立って歩いて行った。

内心は苛立《いらだ》っていた。もちろん、刑事の傷の手当などしてやる義理はない。しかし、つい言葉が出てしまった。

もちろん、ここで刑事を油断させるのも、一つの手だ、という気もないではなかったが、むしろそれは後からつけた理屈だったのである……。

「——いや、ありがとう」

居間のソファに、浅く腰をかけて、刑事は左手の、包帯でぐるぐる巻きにされて倍も太くなった中指を眺めながら言った。「助かったよ」

「痛みますか」

「うん、ズキズキする」

「深く切ったんですよ。お医者さんに診せた方がいいわ」

亜紀子は、救急箱に薬を戻しながら、言った。

「うむ。——今夜、交替が来たらな」

「あの若い人がいるじゃありませんか」

「工藤か。あいつは胃が痛んで、帰したよ」

と、刑事は言って苦笑した。「病人とけが人じゃ、頼りないコンビだ」

帰した？　では、今はこの男だけなのだ。

「——包帯の巻き方、うまいもんだな」

と、刑事は言った。「経験あるのか」

「私の経歴はご存知じゃないんですか」

と、亜紀子は言った。「看護学校へ通ってたんです」

「そうか。そいつは知らなかった」

「でも、結局、本職にはなれなくて」

「どうして？」

「血を見ると、貧血を起こして、いくら慣れだと思っても、だめなんですもの。――結局辞めたんです」

「なるほど、しかし、今は平気だったじゃないか」

「そんなもの」

と、亜紀子は笑った。「手術の時の出血なんて、凄いんですから」

「そうか。じゃ、俺もひっくり返るかもしれないな、それを見たら」

「弱いんですか？　殺人の現場なんて、よく見るんでしょ」

「よせよ」

と、刑事は首を振った。「TVの刑事物じゃない。血の海なんて現場にゃ、めったに出くわさないよ」

「そうですか」

亜紀子は、自分の膝のすりむき傷に、消毒液をたらした。チクッとしみて、顔をしかめる。――傷口に、白く泡が盛り上って来た。

脱脂綿で拭《ふ》き取って、キズテープをきちんと貼る。

ふと目を上げると、刑事がじっと自分の足を見ているのに気付いて、あわててスカートを引張った。

「いや――すまん」

刑事のほうが、赤くなった。「若くて……いいな、と思ったんだ」

亜紀子も赤くなった。

救急箱の蓋《ふた》を閉じ、戸棚の中へ戻す。

「――宮部とは、正式に結婚してるのか」

と、刑事が訊いた。

「それが何か関係あるんですか」

亜紀子は、表情をこわばらせて、言った。

「いや……。訊いてみただけだ」

「正式には、まだです」

亜紀子は、洗面所へ行って手を洗った。

刑事が、居間から出て来る。

「籍は入ってないんだな、それじゃ」

「ええ。でも、私たち、ちゃんとした夫婦です」

「分ってる……。しかし、入れない方がいいかもしれんな」

亜紀子は、タオルで手を拭きながら、振り返った。

「どうしてですか？」

「その若さで未亡人じゃ、気の毒だと思ったのさ」

「あの人が――」

「君も危いかもしれん」

「私が？」

「宮部が、金を盗んだ店だが……」

「ただのアクセサリーショップでしょ。たった百万円かそこいらの売上げを――」

「初めはそう思っていたんだ」

と、刑事は肯《うなず》いて、言った。「だが、実際は違うんだ。届け出た金額は百万円足らずだったが、とんでもない。たぶん、二、三千万は下らないはずだ」

「まさか」

と、亜紀子は笑った。「普通の店に、そんなお金が――」

「普通の店じゃなかったんだ」

と、刑事は言った。「覚醒剤《かくせいざい》の売買を隠すための、表向きの顔だったんだ」

「――覚醒剤？」

「かなりの組織だぞ。その売上げを、宮部は盗んだ。そうと知っていたかどうか分らないがね。――宮部は、その組織にも追われることになる。君も共犯と見られたら、金のありかを訊かれるかもしれん。丁寧に訊いちゃくれないぞ」

亜紀子は、居間へ戻った。――嘘だわ。

私をおどかすための作り話だ。

「――嘘じゃない」

刑事がついて来る。「だからこうして張り込んでる。もし、初めからそうと分ってりゃ、宮部の名を公表しなかった」

亜紀子はソファに腰をおろした。

「私に言っても、あの人には聞こえませんよ」

「連絡はあるんだろう？」

「ありません。――もう遠くへ逃げたんじゃないですか」

「連絡があったら、言ってやれ。逃げるな、と。逃げ切れないぞ。消される」

そんなのギャング映画の中だけの話だわ、と、亜紀子は思った。

中年の刑事は、ちょっとためらってから、

「――それじゃ、表にいる。ありがとう、傷の手当を」

「いいえ」

張り込む人間が、「表にいる」と言って行くのも妙な話だ。

亜紀子は玄関まで出て行った。刑事はドアを開けて出ようとしたが、また振り向いて言った。

「嘘じゃないぜ」

名前もよく憶《おぼ》えていない女である。

ただ、以前飲みに来た時、結構相手になってくれたという記憶はある。こうしてアパートに転り込むには、その程度の仲なら充分なのである。宮部武士《たけし》にとっては。

「そろそろお昼ね」

ネグリジェ姿のままで、タバコをふかしながらTVを見ていた女が、言った。「あんた、どうするの？」

「うん……」

「返事になってないじゃない」

「出かけるさ。――もう少ししたら」

宮部は窓の下に寝そべっていた。

「そう。何か食べる？」

「いや、今はいらない」

「でも、私、三時ごろには出かけるわよ。夜中まで戻らない」

「それまでには俺も出かけるよ」

「いたって構わないけどさ」

不思議に、宮部は女から毛嫌いされるということがない。——別にうぬぼれでなく、宮部は自分でもそう分っていた。

いくらか二枚目で、いくらか頼りなくて、いくらか不良少年の面影を残して……。

そのどれかが、たいていの女の中の何かをくすぐるのだろう。

「コーヒーが飲みたいな」

と、宮部は言った。

「インスタントだよ」

「いいよ」

女が、狭い台所へ立って行く。

二階の窓から、横になって見上げていると、今にも降り出しそうで、なかなか降り出さない、灰色の空が見える。

重苦しい日だ。——しかし、宮部にはこういう日が似合っていた。まぶしい青空の下の似合わない男だ。

「アーア」

と、女が欠伸《あくび》をした。「あんた、何かやらかしたの」

「大したこっちゃないよ」

「そりゃそうでしょうね」

と、女が至って素直に言ったので、宮部は笑った。

玄関のブザーが、耳障りな音をたてる。

「はい。──誰？」

「書留です」

と、面倒くさそうな声がした。

「へえ。何かしら。珍しい」

女が引出しをかき回す。「──印鑑、印鑑と」

宮部は起き上った。

「──待ってね」

女がサンダルを引っかけ、鍵《かぎ》を開ける。

ドアが開くと同時に、ガン、と耳を叩《たた》くような激しい衝撃が来た。銃声だ。

女の体が、吹っ飛んだ。

同時に宮部ははね上るように立ち上っていた。窓のしきいに足をかけ、外へ飛び出す。

二階からだ。足を折ってもおかしくなかったが、幸い、柔らかい植込みの中へと突っ込んでいた。

ガン、という音がして、頭上の窓が粉々に砕けた。散弾銃だ。

宮部は、駆け出した。

ワイシャツとズボンという格好で、上衣《うわぎ》もなく、靴もはいていない。ただ、命があるというだけだったが、ともかく必死で逃げ出していたのだ。

4　若い日

やっぱり、万里は昼近くになって、やっと起き出して来た。

「お腹空《す》いた」

最近は、親の顔を見ても、これと、「おこづかい」ぐらいしか言わなくなった。

「ラップがかけてあるから、あっためて食べて」

と、沼木知子は腕時計を居間の置時計に合せながら言った。

「出かけるの」

万里は、ジーパンスタイルだが、まだ半分眠っている様子だった。

「そう」

母が高価なその腕時計を持ち出して来るというのは、多少おめかしをして外出するということなのである。――高級な時計らしく、昔ながらの手巻きだ。だから、たまに使う時には、必ず止っているのだった。

「万里、今日は家にいるんでしょ？」

「分んない。試験終ったんだもん。どこかに出るかも」

「それはそうね」

知子も、万里に出歩くなとは言えない。もう高校二年生なのだから。

「何か用事でもあるの？」

と、万里がダイニングキッチンの方へ歩きながら言った。

「え？」

「家にいた方がいいのなら、いるけど」

万里は欠伸しながら、紅茶のティーバッグを取り出した。

「そういうわけじゃないわ。構わないわよ、出かけても」

そう言いながら、知子は、なぜ娘に、「家にいるんでしょ」と言ったのかを、考えていた。

「──お父さん、どうかしたの？」

お湯にティーバッグを浸して、色が出るのを待ちながら、万里は言った。

「お父さん？　どうかした、って……。どうして？」

「今朝、出がけに、私の顔、まじまじと覗《のぞ》き込んで行ったわよ」

「あんたの顔を？」

「そう。起きてたんだけど、何だか気味悪いから、目をつぶってたの。でも、夢じゃなかった。お父さんだったわよ」

「そう……」

そうだった。——今、やっと思い当ったのだ。

何となく、夫の様子がいつもと違うということに気付いていたから、つい娘にああ言ったのだろう。

「何か言ってなかったの、お父さん」

と、万里は訊《き》いた。

「別に……。少し元気がなかったみたいだけどね」

「働き過ぎよ。いやよ、私、まだ大学に行くんだから」

万里は、ティーバッグを出して、また欠伸をした。

「——もう少し、頑張ってくんなきゃね」

「大丈夫よ」

と、知子は笑って言った。「今朝、ちょっと眠かっただけなんでしょ。食欲だって落ちてないし」

「病気はともかく、悩んだ挙句に自殺、とか——」

「やめてよ」

と、知子は、半ば本気で娘をにらんだ。「縁起でもない」

「はあい」

万里は、紅茶を、砂糖抜きのまま、ゆっくりと飲み始めた。

知子は、二階へ上って、寝室の鏡の前に立った。——どこかおかしくないかしら？

「ベルトがない方がいいかもしれないわね……」

あの人は、ゆうべ私のことを抱いた。

もちろん、それは別に当り前のことなのだけれど……。どこかその時も、いつもと違っているような印象を受けたのは、気のせいだろうか。

そして今朝の様子……。

「考え過ぎだわ」

そう。そんなことでいちいち悩んでいたら、やってられないわ。

「──お母さん」

と、下から、万里の呼ぶ声がした。「お客さんよ」

迎えに来たんだわ！　急がなくちゃ。

「すぐ行きますって言って！」

知子は、ハンドバッグを出して、もう一度鏡の前に立っていた。──これでよし、と。

階段を下りかけて、

「あ、ベルト」

と思ったが「まあ、いいか」

急いで玄関へ。──万里が覗いて、

「帰り、遅いの？」

「夕ご飯までには帰るわ。万里、食事は？」

「たぶん、家で食べる」

「分かったわ。じゃ、出かけるから」

「行ってらっしゃい」

知子は、玄関を出た。──傘がいるかしら。

「あら、すてきね、今日の服」

と、親しい奥さんに言われて、知子はすっかり嬉《うれ》しくなってしまった。

「そうかしら？　でも、ちょっとハデでしょ」

タクシーが待っていた。知子は、乗り込みながら、もう夫のことはまるで考えていなかった。


──もうすぐ十二時か。

万里は、玄関のチェーンをかけ、居間へ戻ると、新聞を広げた。

新聞を読むのは、中学生のころからの習慣で、それも国際面とか、経済欄が大好きなのである。──こういうページは、わけが分らないのを我慢してしばらく読んでいると、その内面白くてたまらなくなる。

ＴＶ欄も、当然見ないわけではないのだが。

あと十分足らずで十二時。──父の会社も昼休みに入る。

万里は、ＴＶを点《つ》けた。

テストが終ったというのに、何も面白いもの、やってない。そりゃそうだ。ＴＶ局の方は、万里のテストのスケジュールなんて知らないのだから。

リモコンで、チャンネルを切り換えて行く。――同じ所を三回見ただろうか。

万里は、立ち上って、電話の方へ歩いて行った。

「――何番だっけ、お父さんの会社」

ええと……。どこかに会社の封筒があったんだけど。

「これだ」

父が週刊誌か何か入れて帰って来た大判の封筒を、マガジンラックの中から引っ張り出す。

あと五分で昼休み。――お父さん、いるかな。

万里は、プッシュホンのボタンを押した。

ルリ子は、喫茶店の自動扉が開くのももどかしいほどの勢いで店の中へ入ると、足を止めて、左右を見回した。

大して広い店でもないのに、彼の姿は見えなかった。――いないのかしら？　それなら、このまま帰ってしまってもいいんだけど……。

「いらっしゃいませ」

何やら仲間同士、ひそひそ話し合って笑っていたウエイトレスが、ルリ子に気付いてやって来た。「お一人様ですか」

「ええと……」

ルリ子は、返事をためらった。彼がいなければ、こんな店に入る理由もないのだから。

「お待ち合せですか」

そう訊かれた時、ルリ子は、彼に気付いた。

「いましたから」

と、ルリ子は、奥の席へと歩いて行った。

一瞬、人違いだったかしら、と思った。これが、あの宮部だろうか？

「やあ」

しかし、その男は、ルリ子を見上げて、弱々しく微笑んだ。

ルリ子は、向いの席に座った。ウエイトレスが水を持って来る。何も注文しないわけにいかず、

「ココア、ありますか」

と訊いた。

「かしこまりました」

ウエイトレスが伝票を持って行く。宮部の前には、何も置かれていなかった。

「注文しなかったの？」

「したさ」

と、宮部は言った。「来てくれて嬉しいよ。助かった」

「よして」

ルリ子は、じっと宮部をにらんだ。「私が来たのは、あなたがまた電話かけて来て、もし母が出たら、こっちが迷惑するからよ」

「君が出なかったら、どうしようかと思ってたんだ。運が良かったよ」

「こっちは運が悪かったと思ってるわ」

ルリ子は、つい声が高くなりそうになるのを、何とか押えながら、言った。「よくも図々《ずうずう》しく電話してこれたわね！　呆《あき》れたわ。どこまで恥知らずなの？」

宮部が、おどおどした目で、店の中を見回した。ルリ子は、初めて店の中の視線が、自分たちの方へ集まっていることに——大っぴらでなくても、チラチラと眺めていることに気付いた。

そして、ルリ子は、もう一度見直して、宮部が当り前の格好でないことに、やっと気付いたのだった。

この肌寒さなのに、上はワイシャツだけ。そして下へ目をやって、ルリ子は目をみはった。靴をはいていないのだ。

「どうしたの、その格好？」

と、ルリ子は言った。

「うん……」

宮部は、ため息をついた。「殺されかけたんだ」

「何ですって？」

「大きい声を出さないで。——危うく逃げ出して来たんだよ」

ルリ子は、しばらく、宮部を見つめていた。無精ひげがのびて、髪も、ろくにくしを入れていない様子だ。——こんな見っともないなりを、わざとする男ではない。

「女の人ね？　また騙《だま》したんでしょう」

「そうじゃない」

と、宮部は首を振った。「女の所にいたのは確かだ。そこへ、誰かがやって来て——」

「誰が？」

「知らない。いきなり女を撃った……」

「撃った？」

「しっ！　まだ僕を捜してる奴らがいるはずなんだ」

ルリ子は、大きく息をつくと、

「冗談じゃないわよ。変なことに巻き込まないで。私は、もうあなたとは何の関係もないんだから」

「うん。分ってる。——悪いと思ってるよ」

ルリ子は、少し間を置いて、

「何が？　私を今日呼び出したこと？　それとも騙しておいて捨てたこと？」

と訊《き》いた。

「──お待たせしました」

ウエイトレスが、ココアとコーヒーを持って来た。

宮部は、コーヒーをブラックのまま一口飲んで、ホッと肩を落とした。疲れが、にじんでいた。

「見るからに、こんな格好だろ。しかも足は靴下のままだし。──コーヒーを頼んだけど、持って来てくれなかったんだ。君が来て、向うも安心したんだよ」

「あなた、お金、持ってないの?」

「財布なんか持って出るひまはなかったんだ」

「じゃ、電話するのはどうしたの?」

「そこのカウンターで、二十円借りた。ちゃんと伝票についてるよ」

「──呆れた人ね」

ルリ子は、ココアを飲んだ。熱さが、胸の中を広がって行く。

大宅《おおや》ルリ子は、今年二十歳の女子大生である。──大学二年の夏休みに、海に行った時、宮部と知り合い、夢中になった。

しかし、結局、あまりにルリ子が熱を上げ過ぎたので、逆に宮部の方が恐れをなしてしまったのだ。男が及び腰になることには、女は敏感である。

ルリ子は、宮部を問い詰めて、女と同棲《どうせい》していることを聞き出した。

「君が僕を恨んでいることは分ってるよ」

と、宮部は言った。「今さら、助けてくれなんて言えた義理じゃない」

「分ってて、どうして？」

「君の家がこの近くだと思い出したし、それに――電話番号を憶《おぼ》えてたんだ」

ルリ子は、一瞬呆気《あっけ》に取られ、それから笑い出してしまった。

「――何て人かしら」

と、首を振って、「君しか頼る相手はいないんだ、とか言えないの？」

正直といえば正直なのだろうが。しかし、色男ぶっているところと、アンバランスなこの一種の無邪気さが、女をひきつけるのも確かなのである。

「今さら君に嘘をついても……」

「そうね。どうせ信じやしないから」

と、ルリ子は言った。「私はね、あなたを殺して私も死のうかとまで思ったのよ。あなたは？　どうせすぐ他の女の子を捜したんでしょ？」

宮部は肩をすくめた。

「否定はしないよ」

「何をやったの、一体？」

ルリ子はそう訊いてから、ちょっと、周囲を気にした。小さな店だ。人の耳に入るのは避けられない。

「いいわ。ともかく逃げてるのね。――お金、大して持ってないけど」

ルリ子が財布を取り出す。

「いや、お金じゃないんだ」

と、宮部は言った。

「じゃ、何なの？」

「つまり――ここの支払いは、悪いけど……。それと何かサンダルのような物だけ買える程度のお金さえあれば……」

「他にも何かあるの？」

「頼みがある。僕の家へ行って、持って来てほしいものがあるんだ」

「あなたの家？　知らないわよ、私」

「説明する。僕は行けないんだ」

「どうして？」

「僕を狙った連中が、家にも来るかもしれない。家内に、それを話してやらないと……」

ルリ子は、じっと宮部を見つめた。

「誰？　奥さん？」

「うん。――そうなんだ」

ルリ子は、キュッと唇を結んだ。

「人を馬鹿にするのも、いい加減にして」

低い声でそう言うと、ルリ子は財布から、一万円札を一枚出して、宮部の前に置いた。

「ここは払って行くわ。その他に、これだけあれば、安い靴とレインコートぐらい、何とか買えるでしょ」

宮部は、黙ってその金とルリ子の顔を見ていた。

「これ以上、私にできることはないわ。――当然でしょ」

「うん。当然だ」

宮部は肯《うなず》いた。「すまないね。じゃ、これを借りておくよ」

一万円札を、宮部は小さく折りたたんで、ワイシャツのポケットへ入れた。

「じゃ、もう行くわ」

と、ルリ子は財布をバッグへしまった。「大切な講義があるの。遅れたくないのよ」

「悪かったね。早く行ってくれ」

ルリ子は、ココアを飲み干すと、黙って立ち上った。伝票をつかみ、レジで支払いをすると、さっさと店を出て行った……。

宮部は、コーヒーをゆっくりと飲んで、それから、一万円札を入れたポケットを、軽く手で押えた。

立ち上って歩き出すのも、少々勇気のいることのようだった。靴下だけでは、当然のことだ。

店を出る時、

「ありがとうございました」

という声が、わざとらしく、背中に投げつけられた。

外へ出ても、下を向いて歩かなくてはならない。石でも踏みつければ痛いし、けがもしかねないのだから。

「まず何か、はくものだな……」

と、呟《つぶや》いて歩き出そうとすると――。

ポン、と新しいサンダルが目の前に置かれた。

顔を上げると、ルリ子が立っていた。

「すぐそこで売ってたのよ」

と、ルリ子は言った。

「ありがとう」

サンダルをはいて、宮部はホッとした様子だった。「何もはいてないってだけで、ずいぶん心細いもんだな」

「どこなの、あなたの家？」

と、ルリ子は言った。

宮部が、戸惑ったように、ルリ子を見つめた……。

「そろそろお昼休みだわ」

米田恵理が手をのばして、腕時計を取ると、言った。「ついに、無断欠勤だ」

「悪いなあ」

と、沼木は言った。「僕のせいで――」

「好きでこうしたんだから、いいんです」

と、恵理は遮った。「こういう所って、初めて？」

沼木と恵理は、ホテルのベッドの中に入って、肌を寄せ合っていた。

まさかこんなことになるとは……。沼木が朝、家を出る時には、考えてもいなかったことだ。

「うん……」

戸惑いながら、沼木は、派手な、というよりむしろ少女趣味の装飾がきらびやかな、部屋の中を見回した。

「浮気って、したことないんですか」

「うん。ないね」

「じゃ、これが初体験だ」

と、恵理は楽しげに言った。

「しかし――どうして君――」

「だって、あんまり沼木さん、落ち込んでるから」

「それだけ？」

「それだけでもありませんよ、落ち込んでりゃ、誰とでもホテルへ行くなんてこと、しませんし

「そりゃそうだね」

と、沼木は笑った。

「やっと笑った！——少し元気になったのかな」

「元気といってもね……。一歩外へ出れば、風は冷たい」

「でも、死ぬ気になればやり直せますよ」

沼木は、ちょっとドキッとして恵理を見た。

「——図星でしょ」

と、恵理は言った。「死ぬ気だったんでしょ」

沼木は、ゆっくりと天井に目を向けた。

「——よく分らないが、そうかもしれない」

「死のうって人は、はっきり決心してるわけじゃないんですよ」

と、恵理は言った。「はっきり決心できるくらいなら、死なないで済みますから」

「なるほど」

「何となく、力が無くなって、何もかもがどうでも良くなって……。そんな時に、ふっと死んじゃうんです」

恵理は、裸の肩に、毛布を引張り上げて、

「私の父、自殺したんです」

と言った。

「お父さん？」

「仕事がうまく行かなくて、休むようになって……。死ぬ少し前、ちょうど、今日の沼木さんみたいだったの」

沼木は、この底抜けに明るく見える娘の思いがけない言葉に、打たれた。

「そうだったのか」

「死んじゃだめ」

恵理は、沼木に肌を寄せると、彼の肩に頭を当てて、言った。「絶対に」

沼木の胸が、キュッと痛んだ。――米田恵理は、自分の体を投げ出して、沼木が死のうとするのを止めてくれたのだ。

それは、今の沼木にとって、涙の出るほど嬉《うれ》しいことだった。

「約束して下さい」

と、恵理は言った。「もう一度やり直す、って」

「うん。――分った」

「本当？　本当ですね？」

じっと覗《のぞ》き込む恵理の目は、真剣そのものだった。

「ああ、本当だよ」

「良かった！」

恵理は、自分から沼木にキスして、「ごほうびに、もう一回、してあげる」

と言った。

「おい——もう無理だよ。年齢《とし》を考えてくれ！」

と、沼木は笑って言った。

しかし……。自分でも驚いたことに、恵理の若々しい体の前に、沼木は充分に若さを取り戻したのだった。

——こんなに燃えたのは、一体何十年ぶりのことだろう？　沼木は、我を忘れて、恵理のつややかな肌にのめりこんで行った……。

5 電話

そろそろ誰か交替が来てくれてもいいころだ。

小村が、ちょっと苛立《いらだ》ちながら、息をついた。

さっき、宮部亜紀子のショッピングカーで切った左手の中指が、まだズキズキと痛んだし、それに少し腹も空《す》いて来ていた。朝は、あまり食べていなかったのだ。

大体、この年齢になると、あまり朝から食欲は出ないものである。起き出してすぐに普通通りの量が食べられるというのは、若い内の話だ。

その代り、昼近くになると、腹が空いて来る。――といって、工藤がいないので、どこかへ食べに行ってしまうわけにもいかないのだ。

誰かよこしてくれるように連絡はしてある。しかし、往々にして、その連絡がうまく伝わっていない時もあるのだ。TVの刑事物のようにはいかないのである。

「小村さん」

と、声がした。

「やあ、ご苦労さん」

小村はホッとした。以前、よく組んでいた柳沢がやって来たのだ。

「遅くなってすみません。ついさっき、ここへ行け、って言われて」

柳沢は三十五歳。小村としては、工藤よりもむしろ信頼できる相棒だった。いや、工藤を信用していないわけではない。ただ、あまりの世代の差に、当惑することもしばしばだったのである。

その点、柳沢は、気が楽な相手だった。もちろん、ベテランであり、いつも冷静沈着な判断をすることで、定評がある。

「これが宮部の家ですか」

と、柳沢は言った。

「女房が一人でいる。宮部が必ず会おうとする、とにらんでるんだ」

「そのけが、どうしたんです？」

「うん？　ああ、ちょっと切ったんだ」

「危いな。気を付けて下さいよ」

と、柳沢は言った。

「たいしたことはないさ。——おい、ちょっと昼飯に行って来たいんだ。頼めるか？」

「もちろん。宮部の顔は憶《おぼ》えてます。大丈夫ですよ。行って来て下さい」

「すまん」

小村は、柳沢の肩を軽く叩《たた》いて、「すぐ戻るよ」

「ごゆっくり。——雨が降りそうですね」

と言って、柳沢は、コートの襟を立てた。

「そうだな。おい、宮部の盗んだ金のことで、何か分ったか？」

「今のところ、はっきりつかめてないらしいです。もし本当に、どこかの組織の金なら、かなりやばいことになりますよ、宮部の奴」

「全くだ」

まず生きちゃいられないだろうな、と小村は思って、チラッと宮部の家の方へ目をやった。あの女も可哀そうに。

あの亜紀子という女には、しかし、どこかそういうかげがある。男のために、不幸になる女。そして、分っていながら、つい、そういう男を選んでしまい、捨てることのできない女……。

亜紀子も、そういうタイプの女の一人なのだろう。

「小村さん、何か？」

柳沢に訊《き》かれて、小村は我に返った。

「いや、何でもない。——じゃ、ここを頼むよ」

小村は歩き出した。

一時を過ぎているので、どの店も大して混んではいなかった。少し腹がもつものを、と定食のある食堂へ入る。

「A定食をくれ」

と、小村は言った。

がたつく椅子に座ると、ピリッと電気が走るように、腰に痛みが来て、顔をしかめた。

この湿った空気。太陽が顔を出さないので、一向に上らない気温。立ちづめの仕事。

――腰には最悪の条件が揃っている。

指で腰の痛い所を、ギューッと押してみる。何か貼り薬でも買っとくかな。

「――散弾銃で撃たれて死亡しました」

TVのニュースが耳に入った。――散弾銃だって？

「――部屋にいた男性は窓から飛び下りて逃走したということで、警察ではこの男性が、事件と何らかの関りを持っているものとみて、捜しています」

――散弾銃で？　男が一人逃げた。

やきもちをやいた亭主が、妻の浮気の現場に踏み込んだのかもしれない。

浮気するような女房なんか、叩き出して、くれてやればいいのに、などと小村は思った。

定食が来る。――ゆっくり食べるつもりだったが、張り込み中は急ぐのがくせになっていて、十分足らずできれいに平らげた。

「ごちそうさん」

小村は、「お茶をもう一杯」

と頼んでおいて、店の公衆電話へと立って行った。

「――もしもし、小村です」

「おい、今呼び出そうとしてたんだ」

「何かあったのか」

「女がアパートで撃たれる、って事件があったんだ。杉並区の方だよ」

「ああ、TVで見た」

「男が一緒にいて、命からがら逃げ出したらしいんだが、残った上衣《うわぎ》に、〈宮部〉とネームが入っていた」

小村の目が見開かれた。

「本当か！　じゃ、宮部の奴――」

「どうやら、本当に狙われてるようだな。女は巻き添えだろう。可哀そうに」

小村は腹が立った。いつも宮部という男はそうなのだ。女のかげに隠れて、弾丸をよけるのである。

「宮部は、上衣なしか。困ってるだろうな」

「それどころか、靴もはいてない。こっちへ助けを求めて来るといいんだがな」

「他の女を頼って行くさ。あいつなら、毎日転々としても、一カ月はもつ」

「行方を捜してる。そっちも用心してくれ」

「もちろんだ」

「逃げて行くのを目撃した人の話じゃ、ワイシャツとズボン、それに足は靴下だけだったそうだ」

「靴下だけか。哀れなもんだな」

と、小村は苦笑した。「——工藤から、何か連絡は？」

「今のところない。柳沢は着いたか？」

「うん。助かったよ。何か分ったら——」

「連絡する」

小村は電話を切った。

やはりそうか。——宮部が盗んだ金は、逆に宮部を追い詰めているのだ。

ワイシャツとズボンに、靴もなし、か。

ますます宮部としては、誰かに頼らざるを得なくなるだろう。

小村は席に戻って、お茶をすすった。

うまく宮部を捕まえて吐かせれば、そこから、例の覚醒剤《かくせいざい》のグループが摘発できるかもしれない。

もちろん向うもそれを承知しているからこそ、焦って宮部を消そうとしているのだ。

自分の勘が当ったことで、小村はいい気分になっていた。——ますます宮部から目が離せなくなって来たぞ。

お茶を飲み終えて、席を立ち、店を出ようとすると、ポケットのベルが鳴り出した。

もう一度電話を入れる。

「——やあ、すまん」

「何か？」

「さっき伝えるのを忘れた。奥さんから電話があったんだ」

「家内から？」

「うん。電話してほしい、と伝えてくれってことだった」

「分った。すまん」

小村は、ちょっとためらってから、一旦《いったん》店を出た。

今は宮部のことで手一杯だ。——初子の奴、何の用事だろう？

宮部の家の方へ戻って行く途中、電話ボックスがある。

小村は、ちょっとためらったが、何分もかかるわけではあるまい、とボックスの中へ入った。

——家へかけてみるが、なかなか出ない。

「何だ、呼んどいて……」

と、文句を言いながら切ろうとすると、

「もしもし」

と、声がした。

「何だ。——もしもし。初子か」

「あなた。どこからかけてるの？」

「外だよ。何だか伝言があったって聞いたからな。——急ぐのか」

「急ぐってわけでもないんだけど……」

と、初子は、曖昧《あいまい》な言い方をした。

「じゃ、帰ってからにしてくれないか。今、大事な時なんだ。いいんだな？」

「そうね」

いつもなら、構わずに切ってしまう小村だが、何だか、奥歯にものの挟まったような初子の口のきき方が気になって、

「おい、何だ。何か用件があるなら、言ってみろよ」

「でも——忙しいんでしょ」

「忙しいことは忙しいが、話がそんなに長くなりそうなのか」

「成り行きね」

「何だと？」

小村は、少し苛立《いらだ》って来た。また左手の中指が痛み出す。

「おい、わけの分らないことを言うなよ。何だ、一体？」

「別に、難しい話じゃないわ」

と、初子は、当り前の調子で、「ただ、私、家を出ることにしたの。それだけよ」

「家を……」

小村は、ちょっと笑った。「買物にでも出るのか」

「出て行くの。もう戻らないわ。本当よ」

「なあ、いいか。何をすねてるのか知らんが、ともかく今夜帰ったら、ゆっくり話そう」

「今夜なんて、もういないわ。今、どうして電話になかなか出なかったか、分る？　もう荷物を持って玄関にいたからよ」

小村は、ちょっと間を置いた。――どうしたっていうんだ？　畜生、こんな時に！

「なあ、初子、何があったんだ？　気に入らんことでもあったのなら、謝るよ。ただ、今は大切な仕事が――」

「だから、別に構わないのよ。私、家を出て行くから。それだけのこと」

「それだけ、だと？」

小村はカッとして、怒鳴った。「ふざけるな！　俺がこんなに苦労してるのにお前は――」

「大声を出さないで」

と、初子は不機嫌な声を出す。「耳が痛くなるじゃない。話し合ったって、あなたはどうせ怒鳴るしか能のない人よ。むだなことだわ」

小村は、深呼吸して、何とか気持を鎮めようとした。

「いいか、初子。お前、出て行くといっても、どこへ行くつもりなんだ？」

「そんなの、これから相談して決めるのよ」

「相談？　誰とだ？」

「私の愛している人。私のことを分ってくれる人よ」

小村の顔から、血の気がひいた。それは正に、不意打ちだったのだ。

「男か。――お前、男がいたのか！」

「怒鳴らないで、って言ったでしょ」

「答えろ。男がいたのか。いつからだ？」

「大分前よ。――あなたったら」

初子は、声を上げて、さもおかしそうに笑った。

「笑うな！　笑うな、畜生！――誰なんだ、そいつは！」

受話器が、握りしめる手の中で、砕けるかと思われた。

「本当に知らないのね。――呆《あき》れた。あの人の言った通りだわ」

「誰が、何を言ったんだ」

「あなたは何も気が付いてない、って。私は信じられなかった。夫婦なんだもの。きっとどことなく変だ、と思ってるわ、って言ったのよ。でも――正しかったのね、彼の方が」

初子はまだ笑っていた。

「名前を言え」

と、小村は言った。「男の名前だ！」

「ずっと組んでて、気が付かないの。大した刑事さんね」

小村は、しばらく声が出なかった。

そうだったのか。――こんな簡単なことだったのだ。当り前のような……。

「工藤か」

「そうよ。今日も、会ってたの」

「今日？」

「お腹が痛いって抜けたでしょ？　ホテルで私と打ち合せてたのよ。そこで話し合って決めたの。二人で新しい生活を始めるわ」

小村は、受話器が震えて、もう一方の手で、何とか押え込まねばならなかった。

「馬鹿な！　あいつは刑事だぞ」

「刑事だって人間よ。あなたみたいに、犯人を追いかけ回すのに夢中で、妻が何を悩んでても、まるで気にしない人ばっかりじゃないのよ」

工藤が……。初子の体を……。

「本気なのか。二人で出て行くのか」

「私は取りあえず、どこかお友達の所にでも二、三日置いてもらうわ。その間に、工藤さんは、仕事を辞めて、二人の行く先を決めるの。本当はね、あなたに黙ってようって話してたんだけど、でも、それじゃ却《かえ》って、あなたが気の毒だと思って。もう帰らない、ってはっきりしてた方が、あなたもすっきりするでしょ？」

小村は、言葉が出なかった。口を開けば、ただ怒鳴りちらしてしまいそうで、怖かったのだ。

「――あ！　タクシーが来たわ」

と、初子が言った。「電話で呼んどいたの。じゃ、あなた、その内にまた連絡するから」

「初子――」

咳込《せきこ》むように言いかけて、小村は、電話の切れる音を聞いた。「――初子。――おい、初子」

聞こえるわけはない、と分っていた。

受話器を戻し、ボックスを出る。

どうやって、宮部の家の前まで歩いて行ったのか、自分でもよく分らなかった。

「――小村さん」

と、柳沢に声をかけられ、ハッと我に返る。

「うん？」

「今、何だか若い女が入って行きましたよ、中に」

「若い女……」

「ええ。まだ学生じゃないのかな。二十歳そこそこって感じだったけど。――どうしましょうか」

小村は、宮部の家の方を、じっと眺めていた。——その目に浮んでいた、激しい光はやがて消えたが、小さな火は、燃えつづけていた。

「——やっぱり、宮部は追われてる」

と、小村が言った。

「そうですか。じゃ、何か出たんですね」

小村は、女が撃たれた件を話してやった。柳沢は目をみはって、

「そりゃ凄《すご》い！　じゃ、よっぽど宮部の奴、まずい金を盗《と》ったんだな」

小村は、電柱にもたれて、じっと宮部の家を見つめている。

「——女房を、連行しますか」

と、柳沢は訊《き》いた。

「いや。——好きなようにさせよう」

「え？」

「宮部と会って、二人で逃げる気だろう。それならそれでもいい。ともかく、宮部は俺の手で押えてやる」

「なるほど。しかし、我々がここにいちゃ、女房は動きませんよ」

「動くさ」

と、小村は言った。「必ず、動く。もし、動かないなら、動かして見せる」

小村の言い方に、ちょっと妙なものを感じたのか、柳沢は眉《まゆ》を寄せて、彼の顔をじっと見ていた……。

6　消えた名前

〈受付〉という文字の前で、万里はためらった。

まだ高校生である。会社というものが、自分とは無縁の世界でしかないことを、こうして目の前にして、痛感させられたのだった……。

受付のカウンターには、誰もいなかった。

仕方ない。ここまで来たんだもの。帰るわけにはいかない。

あの電話に出てくれた女《ひと》。——確か、三原さんといった。

万里は、カウンターの方へと近付いて行った。空いた椅子があり、その後ろに衝立《ついたて》、そしてその向うでは、電話が鳴り、人の話し声、ピピピというワープロかパソコンの音が聞こえる。

「あの……」

かすれた、小さな声だった。「すみません……」

「何ですか」

と、後ろから声がして、万里はびっくりした。

振り向くと、受付の女性が化粧室から戻って来たところらしい。

「あの――三原さん、いらっしゃいませんか？」

「三原さん？　どっちの三原さんかしら」

「どっち、って――」

「二人いるの。庶務？　それとも経理？」

どっちだろう？　万里はそこまで訊かなかったのだ。

「男の人？　女の人？」

「女の方です」

「じゃ、庶務だ。待ってね」

と、椅子に座って、電話を取り上げる。「あなたは？」

「あの――」

と、言いかけてためらう。「沼木です」

「沼木さん？」

思い当ったらしい。そうだろう、ざらにある名前ではない。

「じゃ、あの沼木さんの？　そう。待ってね」

あの沼木さん。――その言い方に、万里は傷ついた。

「――あ、三原さん？　受付に、沼木さんが……。――ううん、娘さんみたいよ。――

はい」

受話器を置くと、

「すぐ来るわ」

「すみません」

と言って、万里は、何か話しかけられるのがいやで、少しカウンターから離れた。

二、三分して、スラリと背の高い女性が、事務服姿でやって来た。

「沼木さんの娘さん？」

「はい。三原さんですか」

「さっきはどうも。――ちょっと下に行きましょ」

と、万里の肩を軽く抱くと、「喫茶室にいるからね」

と、受付へ声をかける。

エレベーターで地下へ下がると、少し薄暗い喫茶室があった。

「――びっくりしたわね、そりゃあ」

席に落ちつくと、その女性は、「あ、私、三原京子。『京都』の『京』を書くの」

「沼木万里です」

「いくつ？」

「十七歳です」

「そう。――じゃ、お父さんが会社辞めたの、全然知らなかったのね」

「ええ。信じられません」

「お母さんは？」

「母も知りません。知っていれば、いくら何でも私にも分ります」

「なるほどね」

「父は、毎朝、今まで通りに、出て行ってますけど」

「家族の手前ね、きっと――。あ、タバコ喫っていい？」

「ええ。――父は、クビになったんでしょうか」

「噂じゃね」

と、三原京子は肯《うなず》いた。「なかなか言い出せなかったのよ、きっと」

「でも……」

「心配は分るけど、何とかするわよ。男だもん」

「はあ……」

万里は、ジュースを一気に半分ほど飲むと、

「こんなこと――三原さんにお話ししても、ご迷惑だと思うんですけど……」

「なあに？」

「父のことが心配なんです」

と、万里は言った。「何か、やりそうな気がして……」

「やる、って――何を？」

万里は、しばらく目を伏せて、迷っていたが、思い切って三原京子を見ると、

「父が、死のうとしてるんじゃないかと思うんです。何とか助けてやりたいんです」

と、一気に言った。

三原京子は、ポカンとして万里を見ていた。

万里は、恥ずかしかった。こんな芝居じみたことを言うなんて。ただの、勝手な思い込みかもしれないのだ。

笑われたらどうしよう。その思いだけで、顔が真赤になった。

もし、三原京子が笑ったら、きっと万里は店を飛び出して、家に逃げて帰っただろう。

――しばらくして、三原京子は、笑わずに言った。

「何か、心配するわけでもあるの？」

万里は、ホッと息をついた。

「あの……。今朝、父は家を出る時に、私の部屋へ入って来たんです。そして、私が眠ってると思ったんでしょう、そばに来て、私の顔をじーっと覗《のぞ》き込んで……」

「あなた、起きてたのね」

「半分うとうとしてて……。でも、あれは夢じゃありませんでした。それから父は出て行きました。どうしたのかな、と思ったんですけど、もちろん父が会社を辞めたなんて、知りませんでしたから、その時は。そのまま眠ってしまいました」

「なるほどね」

と、三原京子は肯いた。「それが何となく引っかかってて、そこへ、会社へ電話したら、お父さん、会社をクビになってた、と……」

「そうなんです」

万里は、身をのりだすようにして、「考えすぎなのかもしれませんけど……」

三原京子は、少し考え込んでいたが、やがてタバコを灰皿へ押し潰《つぶ》して、

「そんなことないと思うわよ」

と、言った。「ということは、つまり、あなたの勘が正しいかもしれない、って意味」

「そう——でしょうか」

自分の考えを、あっさりと支持されて、却《かえ》って万里は不安になった。

「いつも見てる家の人が、一番良く分るでしょ。いつもと、どことなく違うな、ってことがね」

「ええ……」

「お母さんは？　何もおっしゃらないの？」

「母も……たぶん何となく気にしてるんじゃないかと思います。でも、出かけてしまっていて、父が辞めたことを知らないんです」

「なるほどね」

「母へ知らせようと思ったんですけど、仲のいい奥さんたちとどこかへ行っているので、連絡の取りようがなくて」

「で、あなたが一人で来たわけか」

三原京子は、微笑んだ。「――優しい子ね。いいお嬢さんを持って幸せだわ」

万里は、少し照れて赤くなった。

「あの――父の親しくしていた方とか、いらっしゃいませんか」

「そうねえ」

と、三原京子は考えて、「親しいっていっても、会社の中の人間は、一旦《いったん》クビになった人とは、あまり付き合いたがらないでしょうね。お父さんだって、いやなんじゃない？　かつての仲間に会うのは」

「そうですね」

確かに、そうかもしれない。――しかし、そうなると、父の行方を捜すのは、不可能に近い。

「――でも、待ってなさいよ」

と、三原京子は立ち上ると、「もしかしたら、電話ぐらいかけて来てるかもしれないからね。訊《き》いてみてあげるわ」

「すみません」

「ここで待ってて。――お昼は食べたの？」

「ええ」

「じゃ、何か甘いものでも注文してるといいわ。すぐ戻るからね」

「はい」

三原京子が出て行くと、万里は、胸が熱くなって、ふと涙がこみ上げて来るのを、感じた。

悲しいのでなく、三原京子の優しさが、嬉《うれ》しかったのである。

——三原京子は、会社へ戻ると、受付の女性に、

「ねえ、今の子、見た？」

と、声をかけた。

「沼木さんの子ですって？」

「そうなのよ。会社クビになったの、家の人に言ってなかったんだって」

「へえ！　じゃ、沼木さん、何してんのかしら？」

「知らないわよ」

三原京子は、来客用のタバコを二、三本取って事務服のポケットへ入れ、一本をくわえて、重い大理石のライターで火をつけた。

「毎朝、ご出勤はしてるんですってよ」

「へえ。じゃ、新しい仕事、見付けたのかなあ」

「そんなにすぐ？　きっと、家族の手前、見っともないから、会社へ行くふりしてるのよ。どこかで、時間を潰して、帰ってるんだと思うな」

「何しに来たの、あの子？」

「可哀そうなお父さんが自殺するんじゃないかって、心配なんですって」

「へえ。――でも、あの人、見栄っ張りじゃないの」

「そう。だから、そんな度胸なんてないと思うわよ」

と、三原京子は肯いた。

「それより、ねえ、米田恵理さん、無断欠勤なの。珍しいと思わない?」

「へえ」

三原京子は、大して興味がない、という顔で、「あの子、ちょっと可愛いと思って、生意気なのよね」

「そうかなあ。私、好きよ」

と、受付の子は言った。

「甘い甘い。男を引っかけるの、上手よ、ああいうのは。気を付けなさい。恋人、取られるわよ」

「いないもんね」

「本当かな。――きっと、米田さんも、誰か恋人をホテルにくわえ込んでんのよ」

三原京子は、タバコをくわえたまま、自分の机の方へ歩いて行った。

三十分も待たせてから、あの喫茶室へ、また顔を出してやろう。――調べたけど、何も分らなかったわ。悪いわねえ、とでも言ってやりゃいい……。

沼木か。――フン、お高く止って!

三原京子は、沼木に言い寄って、振られたことがあった。社員旅行での夜のことだ。

机に戻ると、三原京子は、灰皿の上にタバコをのせて、仕事を続けることにした。

——もちろん、米田恵理が恋人とホテルにいる、というのも、当てずっぽうだが、それが的中していたことなど、当人は知る由もない。

ともかく、沼木の名は、もうこの社内からは消えていたのだ。

たとえ、三原京子が心から万里に同情して、調べたところで、沼木の行方は、何一つつかめなかっただろう。

クビになった人間は、社員の友情や記憶からも、抹消されるのである。


「——どなたですか」

亜紀子は玄関へ出て、若い女性が何だか顔を緊張させて立っているのを見て、すぐに、察していた。

夫の恋人だ。

亜紀子も、宮部の好みは知っている。目の前の、大学生らしい娘は、宮部の好みにぴったりだった。

「すみません」

と、その娘は頭を下げた。「ちょっとアンケートに答えていただけませんか」

ドアを開けたままだった。当然、あの刑事が、この娘を見ているだろう。

「どんなことですか」

と、亜紀子は言った。「ちょっと今、忙しいんですけれどね」

「申し訳ありません」

娘が手にしていた大判の封筒を裏返して、亜紀子に見せた。

〈宮部さんに頼まれて来ました〉

と、走り書きがある。

「大してお手間は取らせませんので。――上らせていただいて構いませんか」

亜紀子は、ちょっとためらってから、

「いいわ。どうぞ上って下さい」

と、言った。

「すみません。助かります」

と、その娘は、玄関のドアを後ろ手に閉めた。

「こっちへ」

スリッパを出し、亜紀子は居間へ入って行った。

その娘は、居間へ入って来ると、ちょっと珍しそうな目で中を見回した。

「どうぞ」

と、亜紀子はソファをすすめた。「お茶をいれるわ」

「すみません」

女同士――妻と恋人という関係であることを、互いに承知している。

わざとらしい丁重さになるのも、無理はない。そういう「間」が必要でもあったのだ。

亜紀子は、お茶を出し、自分も飲むことにして、ソファにかけた。

どうやら、いい家のお嬢さんらしい。着ている物、持っているバッグ。——この居間には不似合いな、高価さである。

「奥さんですね」

と、その娘は改って、言った。「私、大宅ルリ子といいます」

「ルリ子さん。——あの人、今どこに？」

「ビジネスホテルです」

「電話して来た時、一緒だったのはあなた？」

「今日ですか？　いいえ。違います」

「そう。——でも、あなたも主人とは……」

「恋仲でした。ホテルにも行きました」

と、ルリ子は言った。「でも、もう一年も前に終っています」

「そう」

亜紀子は肯《うなず》いた。「あなた、主人の好きなタイプだわ」

「もう、そのことは……」

ルリ子は、ちょっと顔をこわばらせて、

「そうね。主人が何をお願いしたの？」

「着替えです。それから、コート、バッグ、それとお金を」

「お金？」

「今、ご主人、何も持っていないんです。殺されかけて逃げ出して来た、と」

「殺されかけた？」

亜紀子は訊《き》き返し、身をのり出す。「どういうこと？」

ルリ子という娘は、宮部から聞いた話をくり返した。――亜紀子は、顔から血の気がひくのを感じた。

嘘ではなかったのだ。宮部は狙われている。

おそらく、その覚醒剤《かくせいざい》の密売ルートの人間が、宮部をつけ狙っているのだ。

「――そう、危いところだったわけね」

「心配していました」

と、ルリ子は言った。「ここにもやって来るんじゃないか、と」

亜紀子は、それを考えていなかったので、ちょっと胸をつかれたようにハッとした。

ここへ？――そう。その連中は、宮部のことを知っているのだから、当然この家も知られていると思わなくてはならない。

「奥さんも早くここを出られた方が――」

と、ルリ子が言いかけると、

「自分のことは自分で守るわ」

と、亜紀子は言った。

「どうなんですか」

と、ルリ子は苛立《いらだ》ったように、「あの人に頼まれた物、届けたらもう私、家へ帰りたいんです。仕方なくてここまで……」

「待ってね」

亜紀子は、立ち上ると、居間を出て、すぐに戻って来た。「これ、銀行の通帳と印鑑よ。お金をおろして来てちょうだい」

ルリ子は、戸惑って、

「私が？」

「外に刑事がいるの。知ってるでしょ？」

「ええ……」

「私は出られないの。もちろん、出かけることはできても、ぴったり尾行がつくわ。銀行へ行って、お金をおろして来たりすれば、今夜逃げることがすぐ分ってしまう」

「でも——」

「あなたに頼むしかないの。これで、預金を全部引き出して。そして、主人に届けてちょうだい」

ルリ子は、テーブルに置かれた通帳と印鑑を眺めていた。

「——銀行は三時までよ。行ってくれるわね？」

「私……。でも、そんなことしたら、刑事が追って来るんじゃありませんか」

「どうせ、逃亡犯を助けてるのよ、あなた。分ってるんでしょ？」

「私、もうあの人とは別れたんです。――迷惑してるんです。これだって、可哀そうだったから、あんまり……惨めな格好してるから……」

「どうなの？」

と亜紀子は言った。「やるの？　やらないの？」

高圧的な言い方が、ルリ子の胸に、カチンと来たらしい。

「お断りします」

ルリ子は、封筒をポンと投げ出すと、「あなたが自分で届けてあげて下さい。私、もうこれ以上のお手伝いはごめんです」

と、立ち上った。

「失礼しました」

居間を出ようとする。――亜紀子はパッと立ち上った。

右手には、さっき居間へ戻った時、隠し持っていた小型の包丁を握りしめていた。

ルリ子の前へ回ると、亜紀子は抱きつくようにして、ルリ子を床へ一気に押し倒した。

「何を――」

と、ルリ子が大声で言おうとすると、

「大きな声を出すと――」

亜紀子は包丁の切っ先を、ルリ子の喉《のど》へと突きつけた。ルリ子が目をみはった。

「切るわよ。——命はないからね。分った?」

ルリ子は、真青になった。

「やめて……」

「やめて下さい、と言いなさい」

「やめて……下さい」

「いい? 私の言った通りにするか、それともここで死ぬかよ。どっちにするの?」

ルリ子は、かすかに肯いた。

「——どっちなのよ?」

「言った通りに——言われた通りに、します……」

「断っておくけどね」

と、亜紀子は、下に組み敷いたルリ子を、じっと見つめて、言った。「私はあの人の妻。——分る? あの人がどこに行こうと、とことんついて行くわ。人を殺す必要があれば殺すし、家に火をつけなきゃいけなくなれば火をつけるわ。あなたのような、ただの恋人とは違うの。分った?」

ごく当り前の口調で、特に興奮している様子もなく言われると、余計に恐ろしいものである。

「分りました」

と、ルリ子は言った。

亜紀子は、体を起こした。

ルリ子は、しばらく立ち上れなかった。体が、小刻みに震えている。

「じゃ、銀行の方はよろしくね」

と、亜紀子は言って、「玄関まで送るわ。刑事があなたのことを怪しんで、調べられるといけないわ」

ルリ子は、やっと立ち上った。

「――大丈夫？」

と、亜紀子は訊いた。

「ええ……」

「びっくりさせて、ごめんなさい」

亜紀子は笑って、「あなたも、今はあの人が嫌いかもしれないけど、でも――」

と、ルリ子を見つめて、

「本当に嫌いなら、あの人を助けないわね。――それに、一度は愛した男でしょ。助けてやって。ね？」

「はい」

ルリ子は、ゆっくりと肯いた。

「女が出て来た」

と柳沢が言った。「知ってますか、小村さん？」

小村は首を振った。

「いや、見たことのない女だな。ずいぶん若い」

その娘は、

「どうもお忙しいところ、ありがとうございました」

と、礼を言っている。

「いいえ。頑張って下さいね」

と、亜紀子はいやに愛想がいい。

「はい。では、失礼します」

「ご苦労様」

と、亜紀子は言って、玄関のドアを閉める。

娘が歩き出した。

「——どうします」

と柳沢が言った。「止めて、荷物を調べますか？」

「いや」

小村は、少し考えて、「すまないが、あの娘を尾《つ》けてくれ」

と言った。

「くさいですか」

「いや――分らんがね」

「いいですよ。じゃ、連絡は？」

「署の方へ。見失ったり、自宅へ帰ったりしたら、戻って来てくれ」

「分りました」

柳沢が、ちょっと首をすぼめ、若い娘の後について歩き出す。

小村は、柳沢の姿が見えなくなると、しばらく宮部の家を眺めていた。

宮部か……。なぜあの女房は、あんな男について行くのだろう？

自分を裏切り、勝手に捨てては、困ると頼って来る。

男というのは、そんなものだ、と諦《あきら》めているのか。それとも、男と女の間は、分らないものなのだろうか、他人には……。

初子と工藤も？

初子が、工藤に抱かれ、工藤の下で喘《あえ》いでいる姿が、目の前をちらついて、小村は思わず目を閉じた。

工藤の奴！――怒りで、体が震え出しそうだった。

そうだとも。俺はどんな凶悪犯だって、許すことはできる。罪を憎んでも、人を許すことはできる。

だが、信じ、愛している人間が裏切ったら……。それは全く別の「罪」だ。

永久に許すことのできない罪だ。
――小村は、宮部の家に向って、歩き出した。

7 雨音

「もしもし。ああ富田だがね。戸田君はいるかね」

昼過ぎて、やっと起き出して来た富田恒宏は、朝昼兼用の食事を終えて、受話器を握っていた。

「あの――」

と、向うは、少し戸惑っているようだ。「戸田、と申しますと……」

「何を言ってるんだ」

富田は、ため息をついた。今の電話番は、何も知らんのだから！

「公安委員長の戸田君だよ」

と、富田は言った。「富田だが。そう言えば分る」

「あの――委員長でございますか？」

「そう言ったろう」

「現在の委員長は若林と申しますが」

「誰だって？」

富田は眉《まゆ》をひそめた。

「若林でございます」

「若林？——そんなのがおったかな」

「失礼ですが、どちら様で……」

「富田だと言っとるだろう」

と、不機嫌な声で、「その若林君と代ってくれ」

「あの……」

向うはかなり迷っているようだったが、「少々お待ち下さい」

と逃げてしまった。

「——全く、だらしがない！」

と、富田は受話器を握ったまま、文句を言った。「戸田君じゃないって？——フン、そうだったかな」

若林か。聞いたことはある名だ。しかし、私に何の断りもなく……。

「——誰だって？」

と、向うで話している声は、幸い、少し遠くなった富田の耳には届かない。

「富田だ、とおっしゃって。大分、お年齢《とし》の方のようですけど……」

「富田。——ああ、分ったよ」

咳払《せきばら》いが聞こえて、「——お待たせいたしました！　若林です」

「君が、委員長の若林君か？」

「はい。富田先生でいらっしゃいますか。大変失礼いたしました。電話に出た者が不慣れでございまして」

「よく教えといてくれなくては困るよ」

「申し訳ございません」

と若林は言った。

「いつから、戸田君と代ったんだね？」

「はあ。もう二年になります」

「二年……。そうか。挨拶《あいさつ》に来たかね、君？」

「伺いました。大分前のことですので、お忘れかと存じますが」

「そう……。そうだったか」

若林か。憶《おぼ》えておこう。

「先生は相変らずお元気そうで」

「いやいや」

と、富田は笑った。「もう年齢《とし》だよ」

「とんでもありません。まだまだご活躍いただかねば」

「うむ、まあ、やれる間はやる気でいるがね……」

「で、ご用件は？」

「ああ。今日、講演旅行に発《た》つのでね」

「そうですか。いや、お元気ですなあ」

「夜、九時の列車で。——手配はしておいてくれるね」

「かしこまりました。東京駅からご出発でございますね。私服をさし向けて、警護させますので、ご心配には及びません」

「ああ。そう。——じゃ、よろしく頼むよ」

「かしこまりました」

「君は——何といったかね」

「若林でございます」

「若林君か、分った。じゃ、頼んだよ」

「はい。失礼いたします」

——なかなか、感じのいい男だ。

「旦那様《だんな》」

と、中田貞子がやって来た。

「何だ？」

「今日はどうなさいます？　夕方から、かなり降るようですけど」

「雨か。そりゃあ、雨も降るさ、たまには」

「お出かけのことです。お体にさわりますし、今度は取り止めになさっては？」

「そうはいかん。今、公安の戸田君にも連絡したばかりだ」

と、富田は、居間の方へ歩き出した。

「ですが――」

「私服を何十人もよこしてくれる。それなのに、私がやめた、とは言えんよ」

富田は首を振って、「やっぱり、戸田は頼りになる奴だ」

と肯《うなず》きながら、言った。

中田貞子は、ため息をついた。

「じゃ、お出かけになるんですね。予定通りに」

「うむ。九時の汽車だな」

「かしこまりました」

中田貞子は、台所へ行くと、熱いお茶をいれた。

公安委員会。――私服の刑事を何十人も、なんて、もちろん嘘なのだ。

かつて、一度だけ、ほんの半年ほどの間、富田は大臣をつとめたことがある。それが富田のキャリアの中での、頂上だった。

今、富田の頭の中には、その半年間の輝かしい思い出しか残っていないのである。

どこかへ出かける度に、富田は、「護衛」を呼ぶ。――もちろん、向うは、適当に相手をして、あしらっているだけなのだ。

今はもう、富田は、「過去の人」でしかないのだから。

きっと、電話を切る度、向うでは富田のことを話の種に、笑っているに違いない。しかしそれは、はた目には哀れではあるが、当人にとっては、幸せなのかもしれないのだ。それを思うと、中田貞子は、富田が電話をかけるのを、やめさせることができなかった……。

「——お茶を」

「うん」

富田は、新聞を広げていた。「明日は、何の話をするかな……」

「さようでございますね。あまり長いお話はお体にさわります」

「分ってるとも。——しかし、政治家にとっては、話しかけることが生命《いのち》だ」

富田は、新聞を抱えて立ち上ると、「書斎へ持って来てくれ」

と、言った。

中田貞子は、書斎へお茶を運ぶと、富田が新聞を見ているのを確かめてから、戻って来た。あれで午後一杯は、時間が潰《つぶ》れるだろう。

電話をかけながら、ちょっと書斎の方へ目をやる。

「あ、もしもし。——あの、富田恒宏の所の者でございますが。——どうも、いつもお世話になりまして。——はあ、実は、どうしても今夜発つと申しておりまして。明日、そちらは……」

「まあ、会場はありますがね」

と、富田の出身地の公民館の館長は、ため息をついて、「しかし、いつおいでいただいても、結局、同じ話ばかりなので……」

「ご迷惑は、よく承知いたしておりますが、そこを何とか……。無理でしょうか」

「そうですね……」

いくら、地元出身の元大臣といっても、誰も憶えている者はいないはずだ。勝手に押しかけての講演に、向うは閉口しているのである。

「あの──何とか、二、三十人でも集めていただければ……」

「じゃ、職員を集めて、何とかしましょう」

「ありがとうございます」

と、中田貞子は息をついた。

「その代り、お話は手短かに。三十分くらいで終らせていただきたいんですがね」

「三十分……ですか」

「仕事時間中です。そう何時間もお付き合いしていられんのですよ」

「よく分ります。よく言っておきますので」

「お願いします。ああ、ご宿泊は……」

「いつもの所を取ってございます」

「そうですか。分りました。では──お出迎えはできません」

「結構でございます」

――電話を切って、中田貞子はホッとした。

これで、ともかく話す場所はできた。

ただ問題は、三十分以内で、という条件だ。ただでさえ、話し方ののろくなった富田では、思い出話ともなると、二時間ぐらいは充分にかかるのである。

しかし、そこは、行ってしまえば何とかなるだろう。

中田貞子は、仕度をしに、二階へと上って行った。


玄関のチャイムがすぐに鳴ったので、亜紀子は、あの大宅ルリ子という娘が、戻って来たのかと思った。

「――はい」

インタホンで呼びかけると、

「さっきはどうも」

と、言った。

あの刑事だ。亜紀子は、

「今、開けます」

と、言った。

家の中を調べるだろうか？

寝室には、ボストンバッグが出してある。

亜紀子は、急いでバッグを押入れに放り込むと、玄関へ行った。

「――すみません、手を洗っていて」

「降りそうだな、いよいよ」

と、その刑事は言った。「上ってもいいかね」

「どうぞ」

居間へ入ると、刑事は、

「私は小村というんだ」

と、名のった。

「傷はどうですか」

と、亜紀子は言った。「見せて下さい。――大分出血しましたね」

包帯に、血がにじんでいた。

「痛みますか」

「少しね。――さっきほどじゃない」

「お医者へ行かないと。抗生物質が必要ですわ」

「ひどいかね」

「見てみます。包帯を取りかえましょう」

亜紀子は、救急箱を持って来た。

「すまんね。――買物はいいのか」

「ええ」

亜紀子は、ハサミで手早く小村の左の中指の包帯を切った。「——どうしてもいるものって、なかったんです。何もこんな日に出なくても、明日でも行けますから」

「そうだな」

小村は、ちょっと顔をしかめた。

「——一応、出血は止まってますね。でも、消毒を、念のために」

小村がさし出した指に、消毒液をたらした。

「しみるな……。さっき来た女の子は？」

「ああ。大学生ですって。何だか主婦の生活時間のアンケートとか」

「ほう。——しかし、ここにしか寄っていかなかったな」

「選んでるんでしょ。何軒に一軒とかの割合で」

「そうか」

「指を立てて下さい。——若いって、いいですわ」

「可愛い子だったな」

亜紀子は、ちょっと笑った。

「じっとして……。少しきつく巻きますけど、これぐらいにしないと、ゆるくなりますから」

「うん。いくらきつくても、これで死にゃせんだろう」

小村は、のんびり言った。「——手つきが違うな。さすがプロだ」

「恐れ入ります」

ハサミで切って、小さく結ぶ。「——さ、これでいいわ。でも、必ず医者に診せて下さいね」

「心配してくれるのか」

「わざとやったとか言われて、私まで刑務所じゃ、困りますもの」

亜紀子は、救急箱の蓋《ふた》を閉じた。

「宮部は危いぞ」

と、小村は言った。「殺されかけた」

亜紀子は、救急箱を戸棚へ戻した。

「——TVで見ました。あれが？」

「うむ。連中も必死だ」

「そうですか。——じゃ、もう主人も逃げられないかもしれませんね」

亜紀子は、居間のカーペットに、じかに座った。

「まだ何とか逃げてる。分らんよ」

「捕まれば？　安全ですか」

「外にいるよりはな。しかし、連中も諦《あきら》めないだろう」

「どうしてそんな所でぐずぐずしてたのかしら。お金を盗んだのなら、早く逃げればいいいのに」

「分らん。——そこに何かありそうだな」

亜紀子は、ちょっと小村を見上げた。

「何か飲みますか」

「コーヒーはあるか」

「傷に悪いわ。でも、インスタントですからね。——今、いれて来ます」

「すまん」

小村は、待っている間、居間の中を見回していた。

亜紀子が、すぐにカップを運んで来る。

「やあ、ありがとう」

「毒薬入りです」

亜紀子の言葉に、小村は笑った。

「——旨《うま》い」

小村は、息をついて、「今日、逃げるのか、一緒に」

と、言った。

「どうしてですか」

と、亜紀子は小村を見て訊《き》いた。

「よく片付いてる」

「いつもです。きれい好きなんです」

「それなのに、日めくりが昨日のままだ」

と、小村が言った。「もうめくることもあるまい、と思ったんじゃないのか」

亜紀子は、ちょっと呆《あき》れたように、

「まるでシャーロック・ホームズ」

と、笑った。

小村は、真顔になった。

「話がある」

「——怖いわ。何ですか」

「逃げる手伝いをしてやろうか」

亜紀子は、呆気《あっけ》に取られた。

「——何ですって?」

「逃がしてやってもいい。二人で、だ」

亜紀子は、首を振って、

「人を馬鹿にするのは、いい趣味じゃありませんね」

と、微笑んだ。

「本当だ」

小村は、カップを手で、小さく揺すっていた。

「信じないなら、それでもいいが」

「信じやすい人間を、騙《だま》しちゃ罪ですよ」

「信じやすい、か」

と、小村は笑った。「俺と寝ないか」

亜紀子は、じっと小村を見つめた。

「そう見るな。照れる」

「恥知らず」

と、亜紀子は、当り前の声で言った。

「分ってる。さっきお前の足を見て、カーッと胸が熱くなった。久しぶりだ」

「刑事でしょ。正義の味方じゃありませんか」

「正義の味方、とは古いな」

小村は笑って言った。「刑事も男だ」

「何の保証もない話に、誰がのると思います？」

「宮部は、凶悪犯ってわけじゃない」

カップを空にして、テーブルへ置く。「他に、捕まえたい奴はいくらでもいる」

「それにしても──」

「宮部一人、逃がしたって、痛くもかゆくもない。むしろ俺たちより、そのグループの連中の方が、しつこいぞ」

「でも……」

「九州辺りまで行けば、何とかなるだろう。大阪辺りじゃ、まだ危い」

「まず、東京から出なくては」

「だからだ。無事に出られるように手を貸してやる」

「冗談ばっかり」

と、亜紀子は唇を歪《ゆが》めて笑った。

小村が右手をのばして、亜紀子の肩をつかんだ。

「本気だ」

「もっと悪いわ」

亜紀子は、小村の手を振り払った。

「たとえここを出ても、二人で駅で落ち合ったら、簡単に見付かる」

「だからって、あなたがどうして……」

「お前に惚《ほ》れたからだ」

「もし……今ここで私を抱いて、言葉の通りにしてくれるって証拠が、どこにありますか？」

小村は黙っていた。亜紀子は、ちょっとせせら笑うように、

「抱いておいて、後は知らん顔を決め込むのは簡単だわ。そうでしょう？」

「そうだ」

と、肯《うなず》く。「証拠はない。保証もない。しかし、俺は本気だ」

亜紀子は、しばらくじっと身じろぎもせずに座っていた。

「――逃がしてくれるって、どうやって？」

「どうせどこかで落ち合う手はずだろう。俺がボディガードになってやる。刑事がついてりゃ、向うも手は出せん」

「でも、それだけじゃ……」

「囮《おとり》を作る」

「囮？」

「そうだ。他の誰かを、お前の亭主に仕立てる」

「そんなことが……」

「連中が、その囮を追うように仕向けるんだ。その間に、お前らは悠々と逃げられる」

「そんな囮になる人間がいますか」

「本人が知っている必要はない」

と、小村がニヤリと笑う。「ただ例の連中が、そう思い込めばいいんだ」

「その囮が、代りに殺されるかもしれないじゃありませんか」

「お前らが殺すわけじゃない。罪にはならんさ」

亜紀子は、信じられないという目で、小村を見ていた。

「もう、決めてあるんですね。その囮を」

「お前はそこまで知る必要はない。――どうする？」

亜紀子は、カーペットの上に座ったまま、ぼんやりと、台所の方へ目をやっていた。

「馬鹿げてるわ」

と、呟《つぶや》くように――スッと立ち上って、足早に奥へ入って行く。

小村は、立ち上って、ためらいながら、ゆっくりと亜紀子の後について行った。

カーテンを引く音。そして、布のこすれ合う音がした。

小村が、その部屋の入口に立つと、薄暗い部屋の中央に、裸で立つ亜紀子が目に入った。

亜紀子は、もう念を押すことも、責めることもしなかった。

こうすると決めたら、ためらわない。それが亜紀子のやり方だった。

小村は、亜紀子を押し倒し、組み敷いて、服を脱いで行った。亜紀子は、じっと目を開いて、暗い天井を見つめている。

やがてその視界を、熱っぽい男の目の暗い輝きが遮った。

――外では、雨が降り出していた。

雨足はたちまち強くなって、軒を、屋根を叩《たた》いて、男と女の絡み合う声を、かき消した。

8　雨の中へ

「待たせて、ごめんね」

と、喫茶室に入って、三原京子は言った。

「いいえ」

万里は、座り直した。「何か分りましたか？」

実のところ、かなり不安になっていたのである。——一時間近くも、三原京子は戻って来なかったからだ。

「あのね……」

と、三原京子は言いにくそうに、「まあ、全然ってわけじゃないんだけどね」

「じゃ、父から連絡が？」

「そうじゃないの。誰のところにも、電話はなかったって」

「そうですか」

と、万里は肩を落とした。「じゃ——何か分ったんですか？」

「うん……。あなたにはショックかもしれないけど——」

「何でしょうか」

万里は、両手を握り合せた。

「お父さんにはね……恋人がいたの」

「恋人……」

万里は、戸惑った。「父に？」

「まあ珍しい話じゃないし、あなたもTVで見るでしょ、会社の上役とOLの恋とか」

「じゃ、会社の人と？」

三原京子が肯くと、

「言いたくなかったんだけどね」

万里は、少し青ざめたが、

「でも――」

と、気を取り直して、「その人なら、父のいる所を知ってるかもしれませんね」

「そうね。そうかもしれないわ」

「会わせて下さい」

「それがね、今日休んでるの」

「じゃ……。もしかして、父と――」

「そうかもしれないと思ったの、私も」

三原京子は、真顔で肯いた。「しかも、無断欠勤なの、その人。めったにないことなのよ」

万里は、勢い込んで、

「その人の名前、教えて下さい。それと、住んでいる所。——行ってみます、私！」

と、言った。

「そう？　でも——それが正しければ、お父さん、帰る気はないかもしれないわよ」

「でも、本人に確かめないと」

と、万里は言った。

「そう。——あなた、しっかりしてるわね。偉いわ」

三原京子は、万里の肩を、そっと叩いた。

「その人の名前は？」

「ここに——メモを持って来たわ」

と、三原京子が渡す。

「米田恵理……。若い人ですか」

「二十歳よ。あなたと三つしか違わない」

「二十歳……」

万里は、住所を書いてある、そのメモを、折りたたんだ。「ありがとうございました」

「それはいいの。ただね、一つ、お願いがあるんだけど」

「何ですか？」

「そのこと、私から聞いたって、その米田さんに言わないでくれる？　色々、社内でまずいの」

「はい。言いません」

と、万里は肯《うなず》いた。

「約束してくれる？」

「もちろんです」

万里は力強く肯いた。「本当に……。色々ありがとうございました」

「いいのよ。——じゃ、気を付けてね。あ、ここは私、払うからいいのよ」

「すみません」

万里が急ぎ足で出て行く。

三原京子はそれを見送って、フフ、と笑った。

嘘ってのも、面白いもんだわね。

もう一度、短く声を上げて笑う。——いい暇つぶしだったわ、本当に。

三原京子は、歌を口ずさみながら、ぶらぶらと喫茶室を出て行った。

一人の女で人生が変る。

そんなことが本当にあるものだとは、沼木は考えたこともなかった。

ドラマや小説の中ではよくある話だ。

ふと行きずりの女とホテルへ入り、どこまでも行動を共にすることになる男……。そんな役回りを、自分が演じることになろうとは。

いや、米田恵理は、決して、「行きずりの女」ではない。しかし、ただ単に、かつて勤めた会社にいた女の子であり、それ以上のものではなかったのである。

もし、米田恵理が、自らこうして沼木の胸に飛び込んで来なかったら、沼木は彼女に男としての欲望すら感じることがなかっただろう。

「――どうして」

と、恵理が呟いた。

汗ばんだ肌を、二人はベッドの中で、しっかりと寄せ合っている。沼木は、夢じゃないかと思った。こんな風に、荒々しいほどの情熱をこめて、妻を抱いたことなど、一度もなかった。若いころでさえも。

「何が？」

と、沼木は言った。

「え？」

「いや――今、『どうして？』って訊《き》いただろう」

「ああ。そうじゃないの」

恵理が小さく首を振ると、髪の毛が沼木の首筋をくすぐった。「どうして、こんなに幸せなのかしら、って自分に向って言っていたの」

「僕も不思議だ」

沼木は、更に強く恵理を抱きしめた。「何度抱いても疲れない。ますます元気になって来るみたいだ」

恵理が、妙な声を上げげた。──沼木は少し体を離してびっくりした。恵理が泣いていたからだ。

「おい。──どうしたんだい？　僕が何か……悪いことしたのかな」

「違うの」

恵理がグスッと鼻をすすって、涙に濡《ぬ》れた顔に微笑みを浮べた。「よく分らないけど……。何だか急に嬉《うれ》しくて泣きたくなったのよ。悲しいんじゃないの」

「そうか。ホッとしたよ」

恵理は、大きく息をついて、

「このまま、ずーっと、こうして何日でも一緒にいたいわ」

と、言った。

「君みたいに若い、可愛い子にそんなこと言われるなんて、信じられないね。会社の同僚に自慢してやりたい」

と、沼木は笑って言った。

「本気よ」

と、恵理は少し怒ったように、「そりゃあ、沼木さんが初めての男性じゃないけど、私、遊びで寝たことなんかないわ」

「うん。分ってる」

しばらく、二人はただじっと身を寄せ合って、動かなかった。

「――雨が降って来たのね」

と、恵理は言った。

そうだった。ふと気が付くと、細かな雨の音が、ほのかなヴェールのように、二人を包んでいる。

「傘を持って来なかったな」

と、沼木は言った。

「私、アパートへ取りに帰ろうかしら」

「傘をわざわざ?」

「傘だけじゃなくて……。着る物とか、お金とか……。大切な物を何もかも」

真剣な口調だった。

「君……」

「迷惑かな」

と、恵理は言った。

「僕はもう四十五だぜ」

「沼木さんが構わないのなら、私はいいの。――二人でやり直してみたい」

「君が……僕について来てくれるのか」

「邪魔でなかったら。もちろん――」

と、恵理は急いで付け加えた。「沼木さんが、家へ帰るのなら、止めないわ」

「家へ……」

「奥さんも、お嬢さんもいるんだもの。私とこうなったからって、責任を取ってくれなんて言わない。沼木さんが決めて」

知子、万里。

沼木の胸に、ある痛みが走った。しかし、死ぬつもりで、出て来たのだ。もう帰るべき「家」はないのだ。

「――僕は、君と行きたい」

「本当に？」

恵理が、痛いほどの力で、沼木の腕を強くつかんだ。「奥さんや娘さんを――」

「もう、僕は一度死んだんだ」

と、沼木は遮った。「女房は実家もしっかりしている。生活に困るようなことはないよ」

「じゃあ……。本当にいいのね」

「ああ」

恵理は、強く抱きついて来た。

沼木は、胸に熱いものが満ちるのを感じた。

久しく忘れていた感情――頼られることの満足感、誇り、といったものが、再び目覚めたようだった。

そうだ。やり直せないことはない。今からだって。――娘のように若い恵理と二人で。

恵理は起き上った。

「どうしたんだい？」

「そう決めたら、早く帰って、仕度したいの。いい加減に出て来たくないし。後はきちんとしておきたいから」

恵理は、ベッドから出ると、「見ないでよ！」と笑って、バスルームへ駆け込んで行った。

沼木は、恵理が独り暮しだということも、今日まで知らなかったのである。

ベッドに起き上り、沼木は、深呼吸した。

「そうだ。――やれないことはない」

と、呟《つぶや》く。

バスルームでシャワーの音がした。

その水音は、外で広がる雨音と混って、今の沼木には、まるで激励の拍手のように聞こえて来た。

銀行を出ようとして、大宅ルリ子は、雨が降り出したことに初めて気付いた。

どうしよう。——ルリ子は迷った。

お金は、何の問題もなく、おろせた。大した額ではなかったが、今の宮部には必要な金なのだろう。

それはともかく——雨になってしまった。ルリ子は、傘を持っていなかったのだ。

通りへ出て、タクシーが拾えれば……。

待っていたところで、やみそうにない降り方だった。

おろした金や通帳を、バッグへ入れると、それをかかえ込むようにして、走り出す。軒から軒へ。できるだけ急いだが、靴もいくらかはかかとが高いから、そう早くは走れない。

やっと大通りに面したスーパーの軒下に駆け込んだ時には、いい加減濡れてしまっていた。

降り出したばかりのせいか、空車はなかなかやって来なかった。——待つ内に、次第に苛立《いらだ》って来る。

どうしてこんな思いまでして、という気にもなったが、しかし、あの宮部の妻、亜紀子に突きつけられた包丁の刃先の冷たさを思い出すと、今さら投げ出すわけにはいかなかった。

もちろん、もしここで宮部を見捨てて、帰ってしまったら、後であの亜紀子に殺されるかもしれないという恐怖はあった。しかし、それだけではなかった。

——空車が来た！

ルリ子は駆け出して、手を振った。

運が良かった。——やっと座席に落ちつくと、ルリ子は、雨がひとしきり激しくなった窓の外へ目をやった。

「ずいぶん降り出したね」

と、運転手が言った。「今夜一杯は、ずっと降るらしいよ」

「そうですか」

と、ルリ子は言った。

運転手が、それ以上話しかけて来ないことを、ルリ子は祈った。——大げさかもしれないが、ルリ子はタクシーに乗って、運転手からあれこれといやに親しげに話しかけられるのが苦手なのだ。

途中でも、止めて降りてしまいたくなる。

お嬢さん育ちの気の弱さなのだろう。どんなに勝気でも、そういうところで世慣れていないのである。

お願い。もう黙っていて！　せっかく、雨の中で見付けた空車なんだから！

幸い、そう話好きの運転手ではないらしかった。ルリ子はホッとした。

バッグが濡れているのを、手で拭《ぬぐ》ったが、手も濡れてしまっているのだ。ハンカチを出してまで拭《ふ》くほどでもない。

ルリ子は、亜紀子の持つ激しさに、ショックを受けていたのだ。

自分を裏切っていると承知の上で、夫にどこまでもついて行こうとする、亜紀子の情熱は、もう愛とか、そんな生やさしいものとは思えなかった。

共に、地獄へでも堕《お》ちる、という、あの覚悟は、ルリ子の想像を、遥《はる》かに超えたものだったのだ。

ルリ子は、圧倒されていた。――宮部のためでなくても、あの妻のために、この金を届けてやるのだ、と思った。

宮部も不思議な男だ。あんなにだらしなく、女から見ても腹の立つ男なのに、それでいて亜紀子にあんなにも深く想われているのだから。

――タクシーを降りると、ルリ子は、ホテルの入口へと走った。

ちょうど雨もひどくなっていて、ほんの数メートルで、大分濡れてしまった。

ともかく、早く宮部にこれを届けることだ。

ロビーを入って行くと、フロントは空だった。ビジネスホテルだから、人手を節約しているのだろう。

エレベーターが来るのを待っていて、ルリ子は、ふとロビーのソファに一人の男が座っているのを見た。

太っていて、どこか脂ぎって、避けたくなる男だ。――やくざ？　そんな印象を、ルリ子は受けた。

エレベーターが来た。宮部の部屋は五階だ。

五〇九号室のドアを叩《たた》くと、

「——誰だ」

と、宮部の声がした。

怯《おび》えた声だ。いつもの、気取り屋の面影はまるでない。

「ルリ子よ」

と、ドアに口を近付けて言った。

「一人か？」

「ええ」

ドアが開くと、宮部が顔を出し、廊下を素早く見回し、ルリ子を、ほとんど引きずり込むようにして中へ入れた。

「——誰か、妙なのはいなかったかい？」

と、宮部は言った。

「別に……どうしたの？」

「いや、すまん」

宮部は、首を振った。「つい神経質になるんだ。——女房に会ってくれたかい？」

「会ったわ」

ルリ子は、バッグから、現金と、通帳、それに印鑑を出して、「これ、お金。奥さんに頼まれたのよ、おろして渡してくれって」

「すまないね」

「他のものは無理。刑事が二人、見張ってるって。これで何か買うしかないわ、着るものは」

「そうだな。——いや、悪かった。君にすっかり——」

「そんなこと、いいの。でも……。すてきな奥さんね」

「亜紀子がいなきゃ、僕はどうしていいか、分らないよ」

宮部は、ベッドに座った。「あいつ……元気そうだったかい」

ルリ子は、窓の方へ歩いて行った。

「ずいぶん、降り出したわよ」

「うん。——濡れてるね。風邪、引かないか？」

「大丈夫よ」

そう言って、ルリ子は、派手にクシャミをした。

「ほら——。熱い風呂《ふろ》にでも、入ったらどう？」

ルリ子は、じっと窓の外を眺めていた。

亜紀子の、あの異様なほどに冷ややかな炎をたたえた目を、思い出す。

何があろうと、夫について行く……。人を殺してでも。

「ルリ子。君――」

「必要なもの、言って」

と、ルリ子は遮った。「買って来てあげるわ。今まで背広だったのなら、全然変えた方がいい。ジャンパーとかジーンズとか。サングラスもあった方がいいかもしれない。サイズ、メモして」

「いや、これ以上いたら、危いこともあるかもしれないよ。君はもう帰った方がいい」

ルリ子は、苦笑した。

「もう、逃亡犯人を助けてるのよ。今さら、そんな心配する柄？」

宮部は、目を伏せた。

「しようがない男だな、僕は」

「どこかいい所があるんでしょ。亜紀子さんがそんなに惚《ほ》れ込むんだから」

ルリ子は、メモ用紙とボールペンを、宮部に渡した。「書いて」

「分った」

宮部は、メモを受け取ると、少しためらってから、それをベッドの上に置いた。

ルリ子は、宮部にキスされるのを拒まなかったが、「ひげが痛いわ」

と、離れて、「ひげ剃《そ》りも必要ね」

と言った。

9 相討ち

あら。——雨なのね。

小村初子は、テラスに出るガラス戸を開けて、やっと雨に気付いた。もうずいぶん降っている。

初子は、庭で——庭なんて呼べるほどの土地じゃないのだが——雨に打たれるままになっている、夫と自分の下着を、しばらくぼんやりと眺めていた。それから、小さく声をあげて笑うと、そのままガラス戸を閉め、居間のソファに引っくり返った。

もう、二、三時間は起き出す気になれないだろうと、自分でも分っていた。

したたかに酔っている。空になったウイスキーのびんが、テーブルで初子と同じように引っくり返っていた。

「私と同じね……」

と、初子は呟《つぶや》いた。「私も、空っぽよ」

家を出る、と夫に言ったのは、でたらめである。そうでも言ってやらなくては、気持がおさまらなかったのだ。

自分一人が、辛《つら》い思いをするなんて、許せない。悪いのは夫なのに！　そうなんだわ。悪いのは男。――小村も、工藤も。

「男なんて、大嫌い！」

と、吐き捨てるように言った。

初子がここにいるのは、ただ、どこにも行く所がないからだ。ここは「家」でも何でもない。逃げ出すことのできない牢獄《ろうごく》。

もちろん、その気になれば、出て行くことはできる。どこへでも。しかし……見えない鎖が、どこまでも初子をこの家に縛りつけているのだ。

――電話が鳴り出した。

夫だろうか？

夫にああ言ってやって、初子は、夫があわてて帰って来るのではないかと思っていた。しかし、もちろんそんなことはなかったのだが。

愛想のつきた夫が、急いで帰って来るのを待っているというのも妙なものだが、あるいは初子の中のどこかにも、まだ夫とやり直したいという気持があったのかもしれない。

だが、それは空しかった。夫は、電話一本かけて来なかった。

こんな時間に。今になって、何だろう？

鳴り続ける電話を、しばらくにらんでいた初子は、やがてパッと飛びつくようにして、受話器を取った。

「もしもし。——もしもし」

夫ではなかった。

「私よ」

「いたのか」

工藤は、ホッとしたように言った。「心配だったんだ」

「あら、どうして？」

「そりゃあ……君が、どうかしちまうんじゃないかと思ってね」

初子は、声を立てずに笑った。

「——大丈夫よ。私だって子供じゃないわ。あなたが、将来を全部捨てて、私と一緒に逃げてくれるなんて、期待した方が無理だったのよ」

「すまない……」

工藤は、少し声を低くして、「でも、君も後になればきっと——」

「ええ、よく分ってるわ。心配しないでちょうだい」

「——酒を飲んでるのか？」

と、工藤が少し心配そうに言った。

「別に。そう聞こえる？」

「いや——何だか……」

「今、昼寝してたのよ。だから頭が少しボーッとしてるの。なかなか出られなかったでしょ？」

「そうか。それならいいけど」

工藤はホッとした様子だった。「僕は今から、持場へ戻ってみるよ。小村さん、まだ頑張ってるらしいから」

「そう。腹痛が治った、ってことにするのね」

と、初子は笑って言った。

「そうだね。小村さん一人じゃ大変だから。——いや、もしかしたら誰か応援に行ってるかな」

「そういえば、電話がかかったのよ、あの人から」

「小村さんから？」

工藤はドキッとした様子で「何か言ってたかい？」

「何も。本当に、あの人、何も気付いてないのよね。——良かったわ。何もないことにして別れられるから」

「そうだね。いや——君のことは忘れないさ。他に恋人を作る気がしないだろうね」

「やめてよ。また燃えて来ちゃうじゃないの」

と、初子は、わざと甘えた声を出して見せた。

「じゃ、もう切るよ。外からなんだ」

「そう。頑張ってね」

と、初子は言った。「危い仕事なんでしょ？　気を付けて」

「ありがとう。――じゃ」

工藤が電話を切る。

初子は、受話器を、震える手で戻した。

――僕には将来がある。それを捨ててまで、君と一緒には行けないよ。ただの遊びじゃないか。そうだろう？

あの、工藤のおどおどした目つきを、初子は決して忘れないだろう。

だって君は……もう若くないんだ。

心臓をナイフで切り裂かれるような言葉だった。血を噴き、炎を吐いているのを、工藤は気付かなかった。

「ただじゃすまないわよ」

と、初子は呟いた。

そう。――小村はプライドの高い男だ。

自分の全く知らない内に、妻が自分の部下と浮気していたと知ったら……。たとえ、もう別れましたと言ったところで、黙って許すような男ではない。

初子もその点はよく分っていた。何と言っても夫婦なのだ。

フフ、とソファに引っくり返った初子は、一人、忍び笑いを洩《も》らした。

工藤が戻って行ったら、小村がどうするか。――楽しみだわ。

雨が、また激しくなったようだ。

「――これか」

柳沢は、そのホテルを見上げて、息をついた。「怪しいな」

あの大学生らしい娘が、銀行へ寄り、そしてこのホテルへ。どうも臭う。

雨がひどいので、柳沢は取りあえずホテルの向い側にある喫茶店に入って、腰をおろした。――大分濡《ぬ》れてしまった。

「コーヒーをくれ」

と、つい頼んでしまう。

胃に悪いから、と思って、次は違うものを注文しようと思うのだが、つい同じものになってしまうのだ。

いささか柳沢は苛立《いらだ》っていた。彼としては珍しいことである。

一時的とはいえ、あの娘を見失ってしまったので、自分に腹を立てているのだ。

娘がタクシーを拾うのは当然予期していたのだが、それをすぐに尾行することはできなかった。そう都合良くタクシーは来ない。

結局、娘の乗って行ったタクシーの会社とナンバーを憶《おぼ》えておいて、どこで下ろしたのかを問い合せたのである。

それがこのホテルの前だった。

運転手は、娘がこのホテルへ入ったところまでは見ていなかったが、おそらくここへ入ったのは間違いない。

コーヒーが来る。思い切りミルクと砂糖を入れて、ぐいと一気に飲み干した。

小村へ連絡するかどうか、柳沢は迷っていた。

このホテルに、例の宮部が隠れているという可能性も、かなり高い。といって、ルームナンバーが分らないし、当然、偽名で泊っているはずだ。

あの娘が銀行で預金をおろしたからといって、もちろん宮部の金とは限らないわけだし……。

だめだ。もう少し確かめてからにしよう。——もし、小村まで駆けつけて来て、まるきりの当て外れだったら、肝心の宮部を逃がしてしまうかもしれない。せめて、宮部の顔を見てからにしたい。

宮部は武器も持っていないし、大体が暴力的な男ではない。必要なら一人でも連行はできるだろう。

誰かがホテルへ入って行く。——紺のレインコート。大きな包みをかかえていた。

あの娘だ。コートをはおっているので、別の女かと思ったが、間違いない。

やはり宮部か？

あの包みが、宮部の着る物だとしたら、筋は通る。何しろ宮部は上衣《うわぎ》もなしでいるはずなのだから。

ロビーで待っていた方がいいかもしれない、と思って、腰を浮かしかけて、柳沢は、車が一台、ホテルの前に停るのを見た。

見るからに、ヤクザの車だ。降りて来たのは、白いスーツの男。

何か、細長い包みをわきにかかえている。――柳沢は眉《まゆ》を寄せた。あれは、銃ではないのか？

覚醒剤《かくせいざい》の密売ルートの連中が、宮部を狙っている。既に女を一人、殺しているのだ。奴らも、ここに宮部がいることを、かぎつけたのだろうか？

ロビーに、一人、男が待っていた。

柳沢の目には、立ち上るまで見えなかったのだが、前から座っていたらしい。やって来た白いスーツの男を出迎えるようにして、エレベーターの方を見て何か話している。

やはりそうだ。――殺し屋なのだ。

一人、宮部が逃げ出さないよう、見張っている。そして殺し屋を呼び寄せたのだろう。

待ってはいられない！

柳沢は、急いで喫茶店を出た。二人の男が、エレベーターに乗る。

柳沢は雨の中を、ホテルに向って駆け出した。


「――どうだい？」

ジャンパーにジーパン姿の宮部は、少し照れたように言った。

「似合うわ。三十には見えないわよ」

「おい、僕はまだ二十九だよ」

と、宮部は苦笑した。

「あら、失礼。でも、私と会ってた時にもそう言っていなかった？」

「そうだったかな」

と、とぼけて、「さて……。色々、悪かったね」

「大分さっぱりしたわ、顔も」

ひげを剃《そ》った宮部は、やっと彼らしい、屈託のない表情に戻っていた。

「君は――もう引き上げた方がいい。危ない目に遭うと……」

「どうせここまでやったのよ」

コートを椅子へ投げかけて、ルリ子は、ベッドに横になった。シングルで、古いせいか、背丈もつかえそうなサイズだ。

「窮屈そうね」

「一人でもね」

「二人だと？」

宮部は、ベッドの方へ歩いて行った。

「――時間、あるんでしょ？」

「九時の列車だ」

「じゃ、久しぶりに抱いてよ」

不思議なものだ。別に、宮部への気持が変ったわけではない。亜紀子に会って、嫉妬《しっと》したのでもなかった。

ただ、あんなにも、亜紀子が命を賭《か》けているこの男を、もう一度確かめてみたかったのだ。――ルリ子は、さめていた。こんな風に男と寝たことはない。

こんな時でも、拒まないのが宮部らしいところである。

「いつも奥さんを裏切って！」

と、宮部にキスして、ルリ子は言った。「申し訳ないと思わないの？」

「いつも思ってるさ。だから別れないんだ」

「変な理屈ね」

ふと、ルリ子は笑って、宮部を抱き寄せた。

ふと、宮部が顔を上げた。

「――下に、誰かいなかったかい？」

「誰が？」

「いや、誰か、妙な奴とか」

「そうね。男が一人」

「どんな男？」

「ちょっと人相の良くない……。ずっと座ってるわよ、でも」

「そう」

宮部は、起き上った。ルリ子は、

「どうしたの？」

と、訊《き》いた。

「こんな所にも網を張ってるかもしれない、とは思っていたんだ。——万一ってことがある。ここを出よう」

「どこに行くの？」

「分らないが、ともかく、危険は避けたほうがいい」

「分ったわ」

ルリ子は肩をすくめて、ベッドからおりると、バッグをつかんだ。「あなた、そのコート、着るといいわ。傘さしてたら、逃げる時に不便でしょ。男の人でもおかしくないわよ。紺だから」

「分った。そうするよ」

「お金、持った？」

「うん」

「じゃ、出ましょうか」

と、ルリ子は言った。

「ロビーに？」

その時、エレベーターは五階について、扉が開いていた。

二人の男は、廊下をちょっと見回した。

「五〇九だ」

「右だな」

と、白いスーツの男が言った。

包みを開くと、銃身と銃把を少し短く切りつめた散弾銃が現われる。

「逃がすなよ」

「二度は逃がさねえよ」

と、白いスーツの男が言った。

五〇九。——二人がドアの前で足を止めた時、ドアが開いて、宮部とルリ子が出て来た。

宮部は、目の前に銃口があるのを見て、ポカンとしていた。まさか、いきなり出くわすとは思わなかった。

「やあ」

と、白いスーツの男が言った。「また女と一緒かよ」

「よせよ」

と、宮部は言った。「俺は金を返したじゃないか！」

「知るもんか。お前をやるのが仕事だ」

白いスーツの男が首をちょっとかしげた。「あばよ」

その時、柳沢が非常階段を駆け上って、五階の廊下へ飛び込んで来た。

「待て！」

柳沢が拳銃《けんじゅう》を構える。「警察だ！」

白いスーツの男の背後だった。振り向きざま、散弾銃が火を噴いた。

ルリ子は、刑事の体が、血に染って壁に叩《たた》きつけられるのを、信じられない思いで見ていた。しかし、拳銃が同時に発射されていて、白いスーツの男の胸板を貫いていた。

白いスーツに赤く血が飛び散った。そして体が揺れると、膝《ひざ》をつき、そのまま崩れるように伏せる。

もう一人の男が、青くなって駆け出し、非常階段へと姿を消した。

「――ひどい」

と、ルリ子は言った。

「行くんだ！」

宮部が、ルリ子の手をつかんだ。「逃げよう」

「でも、あの刑事さん――」

「死んでるよ。ともかく、逃げよう。今の男が連絡したら、また他の誰かがやって来る！」

二人は、まだ五階に停ったままだったエレベーターへと飛び込んだ。

「——本当のことなの？　まるで悪夢だわ」

ルリ子は、エレベーターの中で、青ざめ、震えていた。

「厄介なことになった」

と、宮部は首を振った。「刑事もやられた。警察が、面子《メンツ》にかけて、追いかけて来るだろう」

ルリ子は、黙っていた。ただ、じっと強く、宮部の手を、握りしめているだけだった……。

10 裏切り

「ずいぶん降ってるみたい」

と、亜紀子は言った。

「そうらしいな。音で分る」

小村は、ネクタイをしめた。「――妙なもんだ」

「何が？」

「刑事って仕事に、どうしてネクタイが必要なのか。いつも考えてるんだが、分らん」

亜紀子は、もう服を着ていた。カーテンを開けると、叩きつけるような雨だ。

「奥さんは？」

と、亜紀子が訊いた。

「いる」

「子供さんは？」

「いない」

「そうですか。――寂しいでしょうね、奥さん。ご主人がそんな仕事じゃ」

小村は、ほとんど無表情な声を出した。

「そうだな」

亜紀子は、小村を見て、

「いかがでした、私？」

と訊いた。

「宮部が羨《うらや》ましいよ」

と、小村は笑って言った。

「約束、守っていただけるんですね」

「もちろんだ」

小村は、ふと思い付いた様子で、「外に誰かいるか、見てくれ」

と言った。

「刑事さん？」

「うむ。いつもの若いのはいないと思うが」

亜紀子は、表通りに面した窓へ歩いて行って、覗《のぞ》いた。

「いますよ」

「そうか。──柳沢が帰ったかな」

「いつもの若い人」

小村は上衣《うわぎ》に腕を通していた。

「――何だって？」

と、訊《き》く。「人違いだろう」

「いいえ。毎日見てますからね。間違えるわけないわ」

小村は、窓の所へ行くと、そっと外を覗いて見た。――工藤だ。雨を避けて、筋向いの家の軒先に入っている。

「何だか変だわ」

と亜紀子が笑った。「刑事さんが、こっそり刑事さんを見るなんて」

「そうかな」

と、小村も笑った。

「どうすればいいんですか、私たち」

「うん。――どこで落ち合うことにしてあるんだ？」

「九時の夜行です。東京駅のホーム」

亜紀子が、ためらわずに答えた。

「分った。――それまでに、宮部と連絡はつかないのか」

「たぶん入ると思います。でも、こっちからは連絡できません」

「そうか。駅には、連中も網を張っていると思っていた方がいいな。もし連絡があったら、途中の電車の中で落ち合うようにしろ」

「電車の中ですか」

「向うも、電車の中では手は出さん。逃げられないからな。そこで一緒になって、俺もついていてやる」

「分りました」

「俺は表にいる。──ここでのんびりしてちゃ、妙なもんだ」

「ええ」

「それからな──」

と、小村は行きかけて振り向き、「もし、電話が入ったら、宮部の格好を訊いとけ」

「格好って──服装ですか」

「そうだ。着のみ着のままで逃げているが、この雨の中、いくら何でもその格好じゃいないだろう。今、何を着てるか、詳しく聞いておくんだ」

「分りました」

「夕方になったら、交替で食事を摂《と》る。あの相棒がいなくなったら、ここへ来るからな。それまでに連絡があったら、教えてくれ」

「はい」

亜紀子は、素直に肯《うなず》いた。

小村は、玄関へ下りた。亜紀子が、ビニールの傘を出して、

「これ、安物ですから、どうぞ」

「そうか。悪いな」

「風邪を引くわ。裸でいたことだし」

小村は、ちょっと声を上げて、笑った。

「お前は大した女だ」

そう言って、小村は出て行った……。

亜紀子は、ドアの鍵《かぎ》をかけると、上り口に腰をおろして、深々と息をついた。

「——汚い、けだもの！」

と、吐き出すように言うと、立ち上り、急いで風呂場《ふろば》へ行き、服を脱ぎ捨てる。

全裸になって、シャワーを出す。熱い湯にして、目を閉じると、頭からシャワーをかぶった。スポンジを取って、体中をこすった。あの小村という刑事の、粘りつくような愛撫《あいぶ》の跡を、こすり落とそうとするように……。

「死んじまえばいい……。あんな奴！」

呟《つぶや》き続けていた。ほとんど、無意識のうちに……。

——十分近くも、シャワーを浴びて、すっかりのぼせた亜紀子は、裸身にバスタオルを巻いて、居間のソファにぐったりと身を沈めた。

一つの賭《か》けだ。あの刑事が、信じられるかどうか。

亜紀子は、信じてもいい、と思っていた。もし、亜紀子を、ただ騙《だま》すだけのつもりなら、あんなややこしい嘘を考え出すだろうか？

囮《おとり》を作って、宮部の代りに殺させる。——そのアイデアは、どこか生々しく、リアルだった。

あの刑事は、誰かを殺したいのだ。そのために、宮部を利用しようとしている。たまたま、小村と亜紀子の利害が一致した。それだけのことだろう。

当然、事情が変れば、小村は裏切って、知らん顔を決め込むだろう。その時、小村が肉体関係を強要した、と亜紀子が主張しても、おそらく取り上げてはもらえまい。

用心は忘れてはいけない。小村の様子に気を付けていることだ。

亜紀子は、抱かれながら小村という男をよく見ていた。──感情を、かなりはっきりと出す男だ、と思った。

注意していれば、まず大丈夫。──宮部に小村のことをどう説明するか、そっちが却《かえ》って難しい。

でも──大丈夫。

亜紀子には自信がある。夫は、いつも亜紀子に頼ってくるのだ。亜紀子を信じる気持は、たとえ他の女とベッドにいる時でも、決して変らないはずである……。

「服を着なきゃ」

と、亜紀子は立ち上った。

宮部の家から、小村が傘をさして出て来るのを見て、工藤は面食らった様子だった。

「──何だ。大丈夫なのか」

と、小村は工藤を見て、ごく当り前の調子で訊いた。

「ええ。もう良くなったんです」

と、工藤がぎこちない笑顔を作る。

「そうか」

小村は傘をたたんで、同じ軒下に入った。

「あの……誰か交替が？」

「柳沢が来ている」

「柳沢さん。そうですか。――じゃ、僕よりよっぽど頼りになりますね」

と、工藤は笑った。

「そんなことはない。お前よりいい相棒はいないさ」

「え？　いやに優しいですね」

「優しくしちゃまずいか？」

「いいえ、とんでもない」

と、工藤が急いで首を振った。

「お前は家族同然だと思ってる。――信用できる奴だよ」

「いや……。嬉《うれ》しいですよ。出て来たかいがあったな」

「そうか」

小村は、軽く、工藤の肩を叩《たた》いた。「本当にいいのか、腹の具合は？」

「え、ええ。――もう何ともありません」

「無理するな。冷えるぞ」

「小村さんが頑張ってるのに。――柳沢さんは、どこにいるんです？」

「ちょっと尾行に出た」

「宮部の女房ですか？」

「いや、別の女だ。関係ないかもしれんが、念のためさ」

「今、小村さん、宮部の家にいたんですか」

「ああ。――少し話をしにな。ついでに、けがの手当だ」

「その手……。どうしたんですか」

「ちょっと切ったのさ。知ってたか。宮部の女房は、看護学校にいたそうだ。いい手ぎわだよ」

「そうですか」

小村は、灰色の、雨雲のひしめく空へ目をやった。

「ずっと降るのかな……」

「そうですね。――小村さん」

「何だ」

「柳沢さんが戻ったら……。僕、柳沢さんと二人でここ、やりますよ。夜は寒くなるし、署へ戻られちゃどうですか」

小村は、微笑んだ。

「気をつかってくれるのはありがたいよ。しかし、そうもいかん。──宮部の奴、必ず女房と落ち合う。俺の勘だ」

「小村さんの勘は当りますよ」

と、工藤はお世辞を言う。

小村は、おかしくてならなかった。

初子と、どうなってるんだ？──そう訊《き》きたくなるのを、何とかこらえた。

初子は工藤に話していないのだ、夫に打ちあけたことを。うまく会えなかったのかな？

それとも、やはり今夜にでもこっそり発《た》つつもりなのか。

「──あの女房も、哀れな女だな」

と、小村は言った。「宮部は、女から女へ手をつけて回ってるのに、女房は、そんな奴について行こうっていうんだからな。男と女の仲ってのは分らんよ」

「そうですね」

「俺なら、もし女房が裏切ったら、許しておかんがな」

工藤がギクリとしたのが分る。もちろん小村は気付かないふりをしていた。

「まさか、奥さんが……」

と、工藤が言った。

「もちろんさ。たとえば、の話だ」

小村はそう言って、「ちょっと連絡を入れて来てくれないか。柳沢がどうしたのか、知りたい」

「分りました」

「ああ、この傘を持ってけ」

と、ビニール傘を渡してやる。

「じゃ、すぐ戻ります」

工藤は、雨の中を、駆け出して行った。

小村は、ニヤリと笑った。——あのドキッとした顔で、白状しているようなものだ。

小村は、落ちついていた。——もう迷うこともなくなったのだ。

初子と逃げる、という話がどうなったのかは知らないが、ともかく、工藤と初子とで、いいていたことだけははっきりした。それで充分だ。

裏切っていたことが分っただけで、充分なのだ。

しかも、うまい具合に、工藤の方から、戻って来てくれた。

「九時の夜行か……」

逃げるには、いい列車かもしれない。もしかしたら、初子の奴も？　そんなにうまくはいかないだろう。

さて……。後は、工藤を、どうらまくのせるかである。

——工藤が、何だかいやにあわてて帰って来た。傘があまり役に立っていない。

「どうした」

と、小村は訊いた。

「今、連絡が……」

工藤は、走って来たらしい。息を弾ませていた。

「何かあったのか」

「柳沢さんが……死んだそうです」

小村は啞然《あぜん》とした。

「死んだ？」

「ビジネスホテルで。——散弾銃で撃たれたそうです。相手も射殺されたようですが」

散弾銃……。では、あの女子学生らしい娘が、宮部の所へ行ったのだ。柳沢はそれを尾《つ》けて行って、殺し屋と出くわした……。

「宮部らしい男が、部屋を借りていたらしいですが、出た後で、行方はつかめないということでした」

「宮部だ。——一人か？」

「よく分りません。死んだ男の他に、誰かいたようです。宮部を追いかけてる連中が、まだいるんですね」

「そうらしいな」

小村は肯《うなず》いた。「柳沢は気の毒だったな」

「署へ戻って、報告してほしい、ということでしたが」

「今、動けるか！」

と、小村はきつい口調で言った。「柳沢がやられたのなら、なおさらだ。宮部だけではなく、宮部を消そうとしている奴らを、ひっ捕えてやらなくちゃならん。――そうだろう？」

「ええ」

「二人やられても、代りが来る。宮部の奴、風前の灯ってとこだな」

「どこを逃げてるんでしょうね、見付かる前に自首してくれりゃいいのに」

「怖いさ、そりゃな」

と、小村は言った。「――おい、工藤」

「何ですか」

「ともかく今は、宮部を手の中に入れることだ。宮部から、他の奴らはたぐり寄せることもできる」

「そうですね」

「宮部から奴らの目をそらすんだ。――分るか」

「どうやって？」

「今、考えてる」

小村は楽しんでいた。工藤を、どう引きずり込もうか。
雨の向うに、宮部の家がある。小村は、じっとその窓を見ていた。
亜紀子が、こっちを見ているような気がしたのである……。

11　若い母親

万里は、家の玄関前へ駆け込んだ。

雨に降られて、すっかり濡《ぬ》れてしまった。バス停から、必死で走って来たのだが、何といっても本降りになっているのだ。

鍵《かぎ》を開けようとして——戸惑った。開いているのだ。

お母さん？　もう帰ったのだろうか？

いや、夕食までに戻るといっていたし、もう四時近いのだから、帰っていておかしくないのだが。いつもの母親なら、夕食時間ごろになってから帰って来る。

だから、たいてい夕食は出前か、それともおみやげの寿司かお弁当。

でも、もし帰ってるのなら、ちょうどいい。

玄関へ入ると、母親の靴があった。——良かった！　帰ってたんだ。

靴が引っくり返っているのは、やっぱり雨の中をあわてて駆けて来たからだろうか。

万里は、三原京子から聞いた、米田恵理という女性のアパートを訪ねるつもりだったのである。しかし、この雨。傘もなしでは、とても歩けないし、米田恵理のアパートは、ここを通る同じバスの先の方と分ったので、一旦《いったん》、家に寄ることにしたのだった。

「お母さん。お母さん、どこ？」

上った万里は、呼びながら、居間や台所を覗《のぞ》いた。しかし、母親の姿は見えない。

変だな。まさか、また出かけてしまったとか……。この雨の中を？

お風呂《ふろ》へ行ってタオルを取ってくると、濡れた髪を拭《ふ》きながら、二階へと上って行った。

服も着替えなくては。風邪引いてしまう。

「――お母さん」

万里は、寝室のドアを開けた。

知子は、そこにいた。――ベッドの上に、引っくり返っている。

シュミーズ姿で、足を開いて、何とも見っともない格好だった。服が下に脱ぎ散らかしてある。

万里は、そっと母親の方へ歩いて行って、ピタリと足を止めた。――お酒の匂い！

万里は、母親が酒を飲むとは知らなかったのだ。いや、むしろ嫌っていたはずだった。

しかし、現に知子は、酒くさい息を吐きながら、口を半分開けて、眠り込んでしまっている。

万里は、しばらくその場に突っ立っていた。――目の前の光景を、信じたくなかった。

おそらく、親しい奥さん同士で食事をして、ついでにビールかワインか……。

飲んで悪いというのではない。しかし、この酔い方は、万里にとって青ざめるほどのショックだったのだ。

手を出そうとして、ためらった。

お父さんが、会社を辞めた――いや、クビになっていた。他の女の人と、どこかへ行ってしまうかもしれない。

そんな話を、今の母親にしたくなかった。たぶん、少々揺さぶっても、目を覚ますまい。

万里は、後ずさりつつ寝室を出ると、ドアを閉めた。

お父さんは若い女と。お母さんは酔いつぶれて……。何とすばらしい両親！

万里は、笑った。笑いながら、下へおりて、風呂場へ行き、服を脱いだ。

濡れた体は、寒々と冷えていた。熱いシャワーを出し、頭からかぶった。涙が出ていたのかもしれない。流れ落ちるシャワーで、万里にもそれはよく分らなかった。

――バスタオルで体を拭き、ドライヤーで髪を乾かしてから、新しい下着をつける。

大分、気持がすっきりした。

どうしたらいいのだろう。やはり、父親を止めるべきなのか。

万里は、もう一度、寝室を覗いた。母親は、少しも変わらない格好で、眠っている。

さっきのショックは薄れて、その母親の姿は哀れですらあった。父が孤独だったように、母も寂しかったのかもしれない。

万里は、外出の仕度をした。——少し濡れてもいいように、ジャンパーを着て、暖かくする。

傘を手に玄関を出ると、雨は少しも弱まっていなかった。

歩き出すと、バスが来るのが目に入った。万里は足を早めて、バス停へと急いだ。

バスには、うまく間に合って、席に座ると万里は息をついた。

自分がどうしたいのか、よくは分らなかった。ただ、このまま父親を失うのは、いやだったのだ。

会社をクビになった。——何か、よほどのことがあったのだろう。

しかし、万里が悲しいのは、父が、それを母に話さなかった——いや、話せなかったことだ。

あの三原京子の話では、父は何日も、家をいつもの時間に出て、会社へは行っていなかったことになる。

どうしていたのか。次の職を捜していたのだろうか？

——万里は、十七歳という微妙な年代の直感で、父がただ、会社へ行っていると見せかけるために、時間をつぶしていただけなのだろうと見抜いていた。

それに、母は気付かなかったのだ。何かあっただろうに、そんな父の気持がふと出ることが。

万里は、ごく当り前で、幸福だと思っていた我が家が、いかに脆《もろ》いものだったのかを、ゾッとするような気持で、悟った。父が職を失ったことのショックではない。

もちろん、それも、後になれば一番大きな問題になって来るのかもしれないが、今はそれよりも、父と母が、それほど遠い関係になっていたこと、それに万里が全く気付かなかったこと。——そのことが、大きなショックだったのだ。

父と母が、朝や夕食の食卓で交わした言葉や冗談、笑い、苦笑混りのグチ。——あれは何だったのか？　すべてが、無意識の大芝居だったのだろうか？

夫婦というのは、そんなものなのか。——夫が仕事を失って、やけになっても妻は気付かず、妻が退屈から酔いどれても、夫は知らないのか。

万里は、冷たい傘の柄を、ギュッと握りしめた。窓の外は、相変らずの降りである。


人の家を捜すというのは難しい。

万里のような少女には、なおさらのことである。

ただ、今は、急がなくてはならないという思いがあって、それがいつもなら引っ込み思案の万里を突き動かした。

あちこちの店で訊《き》いて、やっと米田恵理のアパートを捜し当てたのは、五時半近くになってからだった。

「——二階ね」

外階段を上って行くと、赤ん坊をおんぶして、降りしきる雨をぼんやりと眺めている若い女がいた。

万里が階段を上って来たのを、チラッと見たが、別に興味もないらしい。万里は、並んだドアの番号を見て行った。

二〇六。——一番奥が、その部屋らしかった。

らしかった、というのは、表札がかかっていなかったからだ。万里はためらった。

もし、米田恵理がいたとして、どう話せばいいのか。いや——もしかしたら、父もここにいるのかもしれない。

万里は、ためらいながら、手を上げて、ブザーを押した。ビーッ、とドアの向うで音がする。

息を殺すようにして、耳を澄ましたが、人の出て来る気配はなかった。万里はもう一度鳴らしてみた。

「——いないわよ」

と、声がした。

「え？」

振り向くと、あの、赤ん坊をおぶった女性である。髪が、ろくに手入れをしていないのか、乱れたままだった。

真直ぐに顔を見ると、ずいぶん若い。しかし、老けて見えた。

「あの——米田恵理さんのお部屋は、ここですか」

と、万里は訊いた。

「米田……。そんな名前だったわね」

と、その女性は肯《うなず》いた。「隣の人の名前なんて、よく知らないけどさ」

「お留守ですか」

「いないでしょ」

「あの……どこへ行かれたか、分りませんか」

「知らないわね」

「そうですか」

しかし、会社を休んでいるのだ。出かけていて、その内戻るかもしれない。

「すみません」

と、頭を下げる。「また、来てみます」

階段の方へ歩いて行くと、

「もう帰らないよ」

と、その女性が言った。

「帰らないって……」

万里は、戻って来て、「どうしてですか」

「越してっちゃったのよ」

「引越し……ですか」

「そういうことでしょうね」

と、肯く。

「あの——いつですか、それ?」

「今日。一時間ぐらい前に出てったわ」

万里は、心の中で、歯ぎしりした。もう少し早く来ていれば!

「そうですか」

「びっくりしたわよ。突然だもんね」

「急に引越しを?」

「そう。——だから、本人は、スーツケースだけさげて行ったのよ。家財道具は、置いてあるわ、まだ」

「全部?」

「そうよ、引越し先が決ってないからって。決ったら、ここの家主へ連絡するって言ってたわ。引越し業者をよこすから、って」

今日、突然……。やはりそうだ。父と、どこかへ行こうと決めたのに違いない。

そうでなければ突然引越して行くわけがない。大体、会社だって、辞めていないのではないか。

「あんた、何の用で?」

と、訊かれて、万里はためらった。

「あの……ちょっとお会いしたくて……」

　と、口ごもる。

「何かよっぽどのことね、あんな風に。——夜逃げじゃないの、なんて話してたのよ、ここの人たち」

　と、その女性は笑って、「でも、私はね、あの人、結構お金ためてたの知ってるから、そうは思わないけど」

「あの——親しくされてたんですか？」

「ここの人と？　特別、どうってんじゃないけど、やっぱりお隣さんだから。——でも、あんた、学生さんじゃないの？」

「ええ……。学校は休みなんです」

「あの人の知り合い？」

「いえ……。会ったことがありません」

「じゃ、どうしてここに？」

　万里は、少し間を置いてから、

「父が……たぶんこの人の所にいると思ったので」

　と、言った。

「お父さん？」

「会社で——同じ会社だったんです、ここの米田さんと」

「ああ。——なるほどね」

と、その女性は肯いた。

「なるほど、って……」

「あんたのお父さんと、できてたってわけね？ じゃ、一緒に逃げたのか。あわてて行くわけだわね」

その女性が、愉快そうに笑った。——万里は、何だか分らない内に、涙がこみ上げて来て、止められなかった。

「あら、どうしたの」

と、相手は面食らっている。

「お父さんは……私、何とか……私……」

涙で、言葉が続かなかった。

「泣かないで。──ごめんね、無神経なこと言っちゃったな。泣かないでよ、ね」

万里は、涙を手の甲で拭《ぬぐ》うと、

「すみません」

と、すすり上げた。「やっと捜し当てたんです。だから、がっかりしちゃって……」

「お母さんは？」

「──何も知りません」

「じゃ、あんた一人で、ここを捜して？」

「父がここにいるかと思ったんです。でも、出て行ってしまったのなら、もう捜しようがないし……」

「そうね」

と、その女性は肯いた。「あんた、いくつ？」

「――十七です」

「十七か。私、いくつに見える？」

「え？」

「老けてるでしょうけど、十九よ」

「十九……ですか」

たった二つしか違わない。万里は唖然《あぜん》とした。

「この子が今、半年。――十八で、同棲《どうせい》してね。この子が生まれたの」

「眠ってるんですか……」

万里は、その赤ん坊を覗《のぞ》き込んだ。

微笑みが浮ぶ。

「可愛い。――女の子ですか」

「そう。相手の男と似てんのよね」

「相手の男って……。ご主人でしょ？」

「逃げちゃったわよ。子供のために働くなんて殊勝な男じゃなくってね」

「じゃ……今は誰と？」

「一人よ。この子と二人ってこと。夜ね、仕事に出てんの」

「じゃ、お子さんを連れて？」

「そう。楽じゃないけどね。体こわさない限りは何とかやれるわ。なまじ男なんていない方がいいね」

「そうですか」

「あんたみたいなお嬢さんに、変なこと吹き込んじゃいけないかな」

と、その女は笑って「この子には、男と駆け落ちしたりしない結婚をしてほしいわね、やっぱり。でも、きっと母親と同じようなことするのよ、きっと」

万里は笑った。――その女の明るさが、うつったようだ。

「あのね」

と、その女が言った。「出がけに、うちへ挨拶《あいさつ》に来たわ。いやに楽しそうだったわよ。きっとあんたのお父さんとどこかへ行くのね」

「そうですか」

「九時の夜行、とか言ったわね」

「――え？」

「私が、何の気なしに訊《き》いたの。どこに行くの、って。そしたら、ともかく九時の夜行を取ったから、それに乗ってからね、って笑ってたわ」

「九時の夜行……。列車ですね。それじゃ、米田さんって人——」

「東京駅だと思うわ。大阪の方へ行くらしかったから。九時の夜行列車。捜してみたら？　お父さんがいるかもしれないわよ」

「分りました！　ありがとう」

万里は、階段を急いで下りかけて、振り向くと、

「赤ちゃんの名前、何ていうんですか？」

と訊いた。

「まり子よ」

「私、万里です」

そう言って、「さよなら！　ありがとう！」

万里は、一気に階段を駆け下りて行った……。

12 悪夢

「はい」

と受話器が上った。「もしもし？」

「亜紀子。僕だ」

「良かった。かけて来てくれなかったら、どうしようかと思ってたのよ」

亜紀子はホッとした様子だった。「今、どこに？」

「駅だ。――用心しないとな」

「ホテルにいるんじゃなかったの？　大宅って子、行かなかった？」

「来たよ」

「お金は？」

「うん、届いた。しかし、ホテルでも狙われたんだ」

「何ですって？」

「刑事が来て……。僕の代りに、刑事がやられた」

「で、今は？　逃げてるのね」

「うん。今のところ、何とか……。列車のことだが、危いよ。当然、連中は駅に張ってるはずだ」

「そのことなの。――電車で待ち合せましょう」

「電車？」

「そう。あのね、よく聞いて」

――宮部は、亜紀子のくり返す時間と電車の何輛《りょう》目、という言葉を、憶《おぼ》え込んだ。

「分った。その電車の三輛目だな。しかし、駅へ着いてから危いのは、同じじゃないか」

「大丈夫なの。手助けしてくれる人ができたの」

「誰だい？」

「今、詳しく話してる余裕はないわ。会ってから。ともかく、言う通りにして。安全に逃げられるように考えてるから」

亜紀子の言い方は、いつもの通り、しっかりして、信頼できた。

「分ったよ」

「私も余裕を持って出るから、あなたも時間に遅れないでよ」

「ああ、気を付ける」

「いい？　命が賭《か》かってるのよ」

と、亜紀子が念を押す。

「信じてくれよ」

「ええ。——それじゃ、その電車の三輛目でね」

「うん。じゃ——」

「待って！」

と、亜紀子は急いで言った。「忘れるところだったわ。——あなた、服装は？」

「服装？ ジーパンとジャンパー。上に紺のコートをはおってる」

「分ったわ。それだけ」

「顔を忘れたのかい？」

「馬鹿ね」

と、亜紀子は笑った。「じゃ、気を付けて」

宮部は電話を切って、左右へ目をやった。

地下道の電話ボックス。——特別危いこともないかもしれないが、安全とも言えない。

宮部がボックスから出ると、大宅ルリ子が、小さな洋品店から出て来た。

「連絡、ついたの？」

「ああ。——三時間くらいある。どこにいるかな」

と、宮部は言った。「君はもう——」

「家へ帰るわ」

と、ルリ子は言った。

「それがいい。見たことは、何もかも忘れるんだ」

「そうね。——でも、無理よ」

「送りたいけど、却《かえ》って危い」

「その必要ないわ」

と、ルリ子は言った。「一緒に来て」

「どこへ?」

「私の家」

と、ルリ子は言った。「一番安全だわ」

「だけど——」

宮部は面食らった。

「大丈夫。今、確かめたの。母も夜遅くならないと帰らないって。ね、こんな所、歩いてたら、またどこで見付かるかもしれないいじゃない」

「そりゃそうだけど……。君にこれ以上、迷惑はかけられないよ」

「ここまで迷惑かけといて、何を言ってんのよ」

と、ルリ子は笑った。「やっと笑えるようになったのよ。さ、早く行きましょう」

ためらっている宮部を引張るようにして、ルリ子は地下道を、タクシー乗場の方へと歩いて行った。

「——旦那様《だんな》」

と、中田貞子は、少し低い声で呼びかけた。

富田恒宏は、居間のソファに身を委《ゆだ》ねて、目を閉じている。——眠っているように見えた。

「旦那様」

中田貞子は、もう一度呼んだ。もし、これで目を覚まさなかったら、このまま眠らせておこう、と思っていた。

外はひどい雨だ。体には自信のある貞子でさえ、外出はためらうほどである。まして、富田のような老人にとって、この天候の中、遠出するのは、疲れに行くようなものだから……。

富田は、一向に目覚める様子がなかった。

「——いいわ」

と、貞子は自分に向って肯《うなず》くと、「このままにしておきましょう」

そっとドアを閉める。

古い日本家屋の中で、客を通すために、居間だけが、洋風に造ってある。隙間風が入って来ないので、富田は寒くなるとよく居間で居眠りをするのだった。

貞子はホッとして、台所へ行き、お茶をいれて、飲んだ。ちゃんと自分用に、少し値段の安いお茶の葉を買ってある。

こんなことをするのも、自分の年代までだろう、と貞子は思った。——こうまでしなくても、と言われればその通り。しかし、気がすまないのだから。

これも、性格というものだろう。

熱いお茶を、やけどしないように、そっとすする。——この瞬間、貞子が、生きる喜びを覚える、ささやかな「幸福の時」である。

出かけない、ということになると、夕食の仕度をしなくてはならない。もちろん、富田も以前に比べると、あまり食べなくなった。

貞子としては、楽なような、寂しいような、である。

富田は、もう二十年近く前に妻を亡くしていて、息子二人は外国にいる。めったに日本に帰って来ることもないし、帰っても、ここへ顔を出すことは、まれだ。

中田貞子がこの家へ来たのは、富田がやもめ暮しになって、数年してからのことである。

ずいぶん気むずかしい、扱いにくい人だ、と初めはいや気もさし、こんな所、せいぜい一年かそこいらしか続かないだろうと思っていた。

それが、もう……。分らないものである。

気むずかしい老人。——世間の、富田を見る目はその通りだし、事実でないとはいえない。

しかし富田は寂しがり屋なのだ。いつも誰かが自分のことを考えていてくれる、と信じていたいのである。

貞子は、実際いつもそばについているわけだが、少し、物忘れや勘違いが目立って来たこの数年でも、やはり、自分のことをいつも他人が心配していてくれる、という錯覚を起こしていることが多い。それも、「寂しがり屋」の故であろう。

七十四歳。——世間並にいえば、充分に長生きしている。しかし、このまま、少しずつ少しずつ、ものごとが分らなくなって行くのかと思うと、貞子には辛《つら》い。

その内、貞子のことも、分らなくなる日が来るかもしれない。

「——変なことばっかり考えて」

と、貞子は独り言を言った。「何か下ごしらえでもしようかしら」

立ち上って、さて、と考えたものの、何か落ちつかない。

このところ、貞子の胸に、いつも不安がある。——はっきりした理由もない不安で、もちろん誰にも話したことはないのだが。

貞子は、廊下を歩いて行って、居間のドアを、そっと開けてみた。——富田は、相変らず眠っている様子だ。

貞子は、ドアを閉めた。

富田が、このところ、いやに素直になって来たのが、貞子には心配なのである。

もちろん、今朝のように、頼まれもしない講演に出かける、とか言い出すことはあるが、それはいわば「仕事」の範囲だ。

そうではなくて、生活の、細かい点で、がみがみとやかましいことを言わなくなったのである。結構なこと、と初めの内は思っていた。しかし、日がたつにつれ、どこか物足りない思いをするようになったのである。

それは、富田が富田らしさを失い、名もない「老人」になってしまうことを、意味していた。

時折、ふと、貞子は富田の乾いた肌や、いやに人なつこい目尻《めじり》の深いしわに、「死」の予感を見て、ドキッとさせられることがあった。

もちろん、今すぐではないとしても、それは、何十年も先のことではないだろう……。

台所へ戻りかけた足が、ピタリと止った。

雨音が、耳を叩《たた》く。——富田はぐっすりと眠っている。

眠っているのだろうか？　本当に？

もしかしたら、眠っているのではなく……。

まさか！——いくら何でもそんなことがあるはずはない！

一旦《いったん》不安がきざすと、それは、大きくふくれ上って来る。まさか……。まさかとは思うけれど……。

居間へ戻った。そして、

「旦那様。——旦那様」

と、富田の肩をつかんで、揺さぶった。

「うん……」

富田が、目を開いて、ちょっと戸惑ったように、

「何だ？——呼んだか」

と、言った。

貞子は、ホッと息をついた。

「あの……もうすぐ六時になりますが」

「六時？　そうか」

富田は、頭を振って、「起こしてくれて助かった。列車に乗り遅れてしまうからな」

貞子は、もう止める気にはなれなかった。

「——九時の夜行ですから、まだ、時間はあります」

「いや、途中で食事もしないといかんからな」

富田は、ソファを立ち上って、腰をのばした。

「召し上ってからお出かけになった方が……。少しは雨も小降りになるかもしれません」

「そんなに降っとるのか」

廊下へ出ると、富田は、もうすっかり暗くなって来た表を見やった。

「暖い格好をなさいませんと、冷えますわ」

と、貞子は言った。

「うむ……。すまんな、いつも付き合せて」

貞子は、当惑した。

「そんな……。当り前のことじゃございませんか。旦那様、妙なことをおっしゃるんですね」

「そんなことはない。いつもありがたいと思ってるんだ」

「まあ、恐れ入ります」

少し、立ち直って笑って見せる。貞子にしては珍しいほど、動揺したのだった。

「何かお作りしましょ。何がよろしいですか？」

貞子が言ったのが、耳に入らなかったのか、富田は、居間へ戻って行った。「――旦那様……」

「ちょっと来てくれ」

と、富田は言った。

「はい」

「あげたい物がある」

と、富田は言って、戸棚の引出しを開けた。

「何でございます？」

貞子は、心底、面食らっていた。今日は、いつもとまるで様子が違う。

「――これだ」

富田が手にしている物は、すぐに分った。

しかし——貞子は、信じられなかった。

富田が、何だか照れくさそうな顔つきで、そのリングを貞子の左手の薬指にはめた。

「——受け取ってくれ」

と、富田が言った。「ずっと前から、考えていた」

「旦那様《だんなさま》——」

「買っておいたんだ。もう半年も前になる。しかし……何だか照れくさくて、渡せなかった」

富田は自分の頭をポンと叩いて、「ま、こういうわけだ！——いいだろ？」

「でも……」

「これはプロポーズだ」

貞子は、目をみはって、

「プロ……」

と、言いかけた。

「ずっと面倒をみてほしいんだ。使用人ってことでなく」

「あの——つまり、私と……」

「うむ。ちゃんと正式に、結婚するつもりだぞ。籍を入れて、私が死んだら、いくらかのものは残るようにしたい」

「そんなことじゃありません。そんな……。お子さんもいらっしゃるのに」

「この年齢《とし》になって、いちいち他人に相談していられるか。――いいんだろう？　な、いい加減にしよう。汗をかいちまった」

富田が、咳払《せきばら》いして、額を拭《ふ》く。本当に、汗をかいているのだ。

貞子は、思ってもみない成り行きに、ただポカンとしていた。

「――どうなんだ。いやなのか、私の女房なんてのは」

「いいえ。――いいえ」

貞子は、首を振った。「とんでもない。こんな……。旦那様がこんなことをなさるなんて――」

「じゃ、いいんだな？」

貞子は、どきどきする胸に手を当てて、

「はい」

と、答えた。

「そうか！――良かった。この年齢でも、振られたくはないからな」

と言って、富田は笑った。「じゃ、出かける仕度をしよう」

「はい」

「二人でお祝いだ。ステーションホテルででも、食事をしよう」

貞子は、不意に目頭が熱くなった。やっと、何が起こったのかを理解したのである。

「では急いで仕度を……」

と、居間を出た。

貞子が、こんなにも取り乱したのは、この家へ来て初めてだったろう。

何しろ、旅の仕度をしなくてはならないのに、台所へ行って、お茶をいれてしまったのだから。

「――暗いわね」

と、ルリ子は言った。「明り、つけるわ」

ベッドから手を伸して、スイッチを押すと女の子の部屋らしい、明るい色で統一された部屋が、柔らかい照明の中に浮び上った。

「可愛い部屋だな」

と、宮部が体を起こした。

「ベッドが小さくてごめんなさい」

「いや、こっちが謝る方さ。それに――」

と、宮部は、ルリ子の裸の肩にキスして、「狭い方がいいんだ、こういう時は」

ルリ子は毛布を胸まで引張り上げた。小さなベッドに二人で寝ている。

「変ね」

と、ルリ子が、少し息を弾ませながら、言った。

「何が？」

「前にも、あなたと寝たけど、こんな気持になったこと、なかったわ」

「大人になったのさ、君が」

「あの後、男の子と寝たことないのよ」

「大人になるってのは、色々さ。何も、男とのことだけじゃない。——新しい経験の、何もかもだ」

「そうね。そうかもしれない」

ルリ子は、宮部の胸に、頭をのせた。「奥さんがいるって知った時は、ちょっと頭に来たけれど、でも今は何ともないの。奪いたいとも思わないし、奥さんを羨《うらやま》しいとも思わないわ」

「そりゃそうさ。——亜紀子の方が、君を羨しがるだろう。君は若くて、何でも持ってるんだから」

「でも、奥さんは、あなたを持ってるわ」

宮部は、ちょっと自嘲《じちょう》気味に笑って、

「大した宝物さ。道連れで、危い目に遭うかもしれない」

と、言った。

「——ねえ」

「何だい？」

「言いたくなかったらいいんだけど……。どうしてあんなにしつこく追っかけられてるの？」

「うん……」

宮部は、少し考えてから、「そうだな。君も、あんな危い目に遭ったんだから、何も知らずにいるというのも、妙かもしれないな」

と、言った。

「お金がどうとか――」

「身から出た錆《さび》、ってやつさ。僕は、あるアクセサリーショップに勤めていたんだ。会計の担当でね」

「そこのお金を盗《と》ったの？」

「いや、その店は、裏で覚醒剤《かくせいざい》を扱っていたんだ。僕ももちろん知っていた。つまり、本業は、そっちの方の金の出入りだったんだよ」

「危いことして！」

「そうなんだ。しかしね、僕は金を盗っていない。というより、他の奴が盗ったのを、こっちがやったことにされてしまったんだ」

「じゃ、誰かがお金をごまかしてたの？」

「その通り。――僕がちょっと出来心で小金をくすねたのを知って、その連中が、一切を僕へおっかぶせて来た。僕としては、逃げるしかない」

「じゃ、本当にお金を盗った人は？」

「必死で僕を追いかけてるのは、その連中なのさ。もし、僕が捕まって、ペラペラしゃべると、奴らの命取りになる。何とかして、僕の口をふさごうとしているんだ」

「勝手ね」

「しようがない。そういう世界だよ」

と、宮部は首を振った。「もし、僕が組織の金を持ち逃げしただけなら、まだ逃げるチャンスもあるんだ。しかし、事情が事情だけにね……」

「諦《あきら》めちゃだめよ」

と、ルリ子は言った。「奥さん、ファイト満々だったわよ」

「亜紀子は大した女さ」

と、宮部は肯《うなず》いて、「不思議になるよ、時々。どうしてあんなしっかりした奴が、僕について来るのか、ってね」

「私だって不思議よ。どうしてこの人と寝てるのか、って」

ルリ子は笑いながら、宮部にキスした。

その時、急に、部屋のドアが開いた。

ルリ子は、びっくりして起き上った。

「お母さん……。帰ってたの」

母親が、ルリ子と宮部を見て、顔を真赤にしていた。

「おかしいと思ったのよ、あなたの電話がね。——案の定だわ」

「どうも……すいません」

と、宮部が間の悪い様子で、「いや——娘さんのせいじゃないんですよ」

「あなたね、前にもこの子を騙《だま》して！」

「お母さん——」

「話は下でゆっくり聞くわ」

と、太った母親は、二人をにらみつけて、「服を着てらっしゃい」

と言って、ドアを閉めた。

「——参ったな」

と、ルリ子は首を振って、「ごめんなさいね。あんなに勘がいいとは思わなかったのよ」

「子供のことだ。ピンと来るのさ」

「ともかく、服を着るわ」

ルリ子はベッドから出て、急いで服を着た。

「君のお母さん、前に見たっけ？」

「母の方は、あなたのこと調べたから、知ってるのよ」

「なるほど。——君が叱られるね」

と、宮部も服を着る。

「ね、窓から出る？」

「そう。母と話してたら、夜中になるわ。いなくなれば、怒るわけにもいかないんだから」

「そりゃそうだけど……。君が困るんじゃないのか」

「母は私には甘いのよ、大丈夫。——窓から下へ飛び下りても、けがはしないわ。下、芝生だから。裏口から出られるわ」

ルリ子は、窓の方へ行って、カーテンを開けた。

「——ね、これぐらいなら、飛び下りられるでしょ」

「今日はもう一回飛び下りたけどね」

と、宮部は言った。

「少し雨は小降りになってるわ。傘はないけど……」

「コートがある。大丈夫さ」

宮部はジャンパーを着て、上にコートをはおった。

「暑苦しいけど、濡《ぬ》れるよりはいい」

「母にガミガミ言われるよりはいいわよ」

ルリ子は窓を開けた。「この下の台所のわきの方なの。少しぐらい音がしても、たぶん聞こえないわ」

「その戸口から出ればいいのかい？」

「そう。細い路地へ出るから、明るい方へ歩いて行けば、広い道に出られるわ」

「分った。——しかし、靴がないか！」

宮部がため息をついた。「また裸足《はだし》ってことになるよ」

「そうか……。待って！」

ルリ子は、洋服ダンスの扉を開けると、奥の方を引っかき回して、「——これ！」

「テニスシューズ？」

「ただの運動靴。高校で上ばき用にはいていたやつなの。サイズはもちろん小さいけど、ないよりましでしょ。またどこかで買って」

「そうだな。じゃ、借りるよ」

靴を手に持った。

「お金とか、持った？　忘れないで」

「うん……。ハンカチ、ちり紙……」

「馬鹿ね」

とルリ子は笑った。

そして、ルリ子は真顔になると、

「お別れね」

と、言った。「気を付けて」

「ありがとう」

宮部はルリ子に素早くキスをした。「色々、悪かったね」

「謝り出したら一年かかるでしょ。早く行って」

「うん」

宮部は、窓枠をまたいで、何とかうまくつかまると、「──それじゃ」

と、手を離した。

ドサッ、と音がした。下を覗《のぞ》くと、宮部が尻《しり》もちをついている。

「大丈夫?」

と、小さな声で、ルリ子は訊《き》いた。

「何とか……。それじゃ、行くよ」

口だけ大きく開けて、あまり声を出さずに言うと、宮部は手を振った。

──ルリ子は、宮部が裏口から出て行くのを見送って、窓を閉め、カーテンを引いた。

妙に、胸が痛んだ。

あの男に恋していたのは、ずっと前のことだ。それなのに──。

大人になったんだよ。

そうかもしれない。──これが大人の「別れ」なのだろうか。

ルリ子は、部屋を出て、階段を下りて行った。

もう宮部と会うこともないだろう。

それは確かだったが、しかし、ルリ子が考えていたのとは、全く違う理由で、宮部とは再び会えなくなるのだ……。

13　脅迫

亜紀子は、仕度を終えて、もう三十分も前から、居間に座っていた。

夫から電話があった後、何もしていない。——何かしなくては、と思う一方で、今はこうして待つのが仕事だ、と自分へ言い聞かせる。

時間はそろそろ七時になる。——家を出るには少し早いが、しかし、もし電車の事故でもあれば、遅くなるかもしれなかった。

あの小村という刑事は、どうしたのだろう？　もう連絡があってもいいころだ。

電話が鳴った。急いで出ると、

「小村だ」

と、押し殺した声が聞こえた。「よく聞けよ」

「え？」

「黙って聞け！　宮部を狙っている連中が、そこへ行く」

「ここへ？」

「今、周囲の様子をうかがっている。いいか、今夜九時の列車で発《た》つことになってる、と教えてやるんだ」

「――分りました」

「お前に乱暴はしないと思うが、俺も様子を見ている。うまくやれ」

「あの――」

「宮部から連絡は？」

「ありました。あの通りに言っておきました。今、ジャンパーとジーパン、上に紺のコートをはおっているそうです」

「紺のコートか。分った。連中にもその通り教えてやれ。九時少し前に駅のホームで待ち合わせる、と」

「玄関のチャイムが――」

「よし。用心しろよ」

小村が電話を切る。――亜紀子は、受話器を置くと、少し呼吸を整えてから、立ち上った。

またチャイムが鳴る。

「どなたですか？」

と、普通の声で訊いた。

「お届けものです」

と、返事がある。

「ちょっと待って下さい」

亜紀子は、チェーンをかけたまま、ドアを開けた。銃口が、その隙間から亜紀子の腹へ突きつけられる。

「何を……」

「おとなしく開けな」

と、男は言った。「逃げようとしてもむだだ。裏にも回ってる。おとなしく話を聞けば、何もしない。――分ったか？」

亜紀子は、少しためらって見せた。

「足に一発、くらわせてやってもいいんだぜ！」

「開けます。――開けますから、待って」

怯《おび》えた声を出して、亜紀子は、一旦《いったん》ドアを閉め、チェーンを外した。

二人の男が入って来た。

「捜せ」

と、一人が言った。

「主人ですか」

「当り前だ。――よし、上って話をしようじゃないか」

裏にもいる、というのは、はったりではなかった。

居間に座っていると、後からもう一人、男が入って来た。全部で三人らしい。

年長の一人が、拳銃《けんじゅう》を手に亜紀子を見張って、二人が家の中を捜し回った。もちろん、そう広い家ではない。

「いないぜ」

と、二人が戻るのに、五分とはかからなかった。

「出る仕度をしている」

と、年長の男は、亜紀子のスーツケースを足でけった。「亭主と逃げるつもりか」

「私……。何のことだか分りません」

「そうか」

年長の男は、普通の背広姿で、見たところはサラリーマンという印象だった。

「あいつが追われてるのは知ってるんだろう」

「刑事さんが来て、そんな話を──」

「刑事は、この辺で張ってるのか」

「さあ……。私、知りません」

亜紀子は少しふてくされた様子で、「他の女の所へ行ったんじゃないですか」

「なるほど」

と、その男は笑った。「亭主がよくもてることは承知してるわけだ」

「でも──一応、夫ですから」

「そりゃそうだな。命にかえても、守る、ってところか」

亜紀子は、少し身を縮めて、

「殺すんですか……」

と、言った。

「お前を殺しても仕方ない。――俺たちは、宮部の奴に用があるんだ」

「今、どこにいるか、私も知りません」

「本当かもしれねえな。しかし――」

いきなり、手の甲で殴られて、亜紀子はソファからふっ飛んだ。目のくらむような痛さだ。起き上れなかった。

「よく聞けよ」

と、男が言った。「時間がない。俺たちは急いでるんだ。分るか？」

亜紀子は、涙を拭《ぬぐ》って、肯《うなず》いて見せた。

「よし。――警察が見付ける前に、宮部と話がしたい。分るな？」

「ええ……」

「奴と、どこで待ち合せてるんだ？」

演技のしどころだった。――亜紀子は、意外なことに、少しも怖いとは思わなかった。うまく、今の役割をやり通すことに、必死だった。――いや、むしろその役を、いくらかは楽しんでさえいた……。

「主人を……殺すんですか」

「話がしたい、と言ったろう？　信じないのか」

「そうじゃありません」

と、亜紀子は急いで言った。

いかにも、殴られるのが怖い、という様子である。

「でも……」

「そりゃあ、奴がどうしても逃げ回りゃ、俺たちだって殺さなきゃいけなくなるかもしれねえ」

と、男は拳銃を手の中でクルッと回して見せた。

「素直に会って話をすりゃ、あいつも悪い奴じゃない。見逃してやれるんだ」

「助けてくれるんですか」

「ああ。そのためにゃ、まず会ってみないことにはな」

亜紀子は、乱れた髪を手で直した。

「――今夜の夜行で」

と、亜紀子は言った。

「何時だ？」

「九時です。東京駅から――」

「九時の夜行か。待ち合せは？」

「少し前に、ホームで」

亜紀子は、自分のバッグへ手をのばした。「この中に切符が――」

「待て。おい、開けてみろ」

他の男の一人が、亜紀子の手から、バッグを引ったくるように取って、中を探った。

「指定券だ。――九時の夜行。寝台車だぜ」

「なるほど」

と、年長の男は肯いた。「嘘じゃないらしいな」

「話したんですから……殺さないで」

「分ってるとも。しかしな――」

と、男は言った。「そいつは宮部の出方次第だぜ」

「どうする？」

「連絡しよう」

と、年長の男はニヤリと笑って、「電話を借りるぜ、奥さん」

と、言った。

男がどこかへ電話を入れる。――亜紀子は、ここまではうまく行った、と思った。ただ、これでこの男たちがおとなしく帰るのかどうか……。

「――もしもし。――あ、今、宮部の家です。女房がいて。――ええ、今夜の夜行でずらかるつもりだと。――九時です。――へえ、じゃ、宮部の奴を？」

亜紀子は、ドキッとした。見付かってしまったのだろうか？

「——分りました。じゃ、間違いないようですね。——じゃ、ホームで張ります。——見落としゃしません」

ホッと息をつく。——夫は、殺されてはいないのだ！

電話を切ると、男は戻って来た。

「——他でも、九時って話は聞き込んだらしい。間違いないようだ」

「他でも？」

「悪運の強い奴だな。また、すんでのところで逃がしちまったらしい。——学生みたいな若い女の家に隠れていたんだとさ」

「そうですか」

「知ってるか」

「主人の恋人なんて、いちいち調べてたら、きりがありません」

「なるほど」

と、男は笑った。「いい夫婦だな」

亜紀子は、両手を握り合せた。

「私は……どうなるんですか」

「そうだな」

と、男は肩をすくめて、「もし、うまい具合に宮部の奴が見付けられなかった時のために、ここでおとなしくしてもらっとく」

「でも……」

「おい、宮部はどんな格好をしてるんだ？　何しろ、見張らせるにも、写真を配るってわけにもいかないからな」

そうか。宮部の顔を知っている人間は、そう多くないのだ。

亜紀子は、あの小村という刑事の考えが、決して思い付きのものでないことを、知った。

「コートを着てるって……。紺の、だそうです」

「コートか」

「どこかで買ったそうです」

「ふん。下は？」

「ジャンパーとジーパンです。私にもすぐわかるように教えてくれたんです」

「なるほど」

「殺さないで下さい！　あの人、黙ってなきゃいけないことなら、ちゃんと口をつぐんでいます。私もそうさせます。だから――」

「おい」

と、年長の男は拳銃を他の一人に渡すと、「ここで見てろ。電話するからな」

「分りました」

と、年齢の若い男が肯く。

居間を出て行こうとして、年長の男は振り返った。

「逃げようなんて思うなよ」

と、亜紀子をじっと見る。

冷ややかな目だった。

「例の女子学生みたいになるぜ」

亜紀子は、ちょっと緊張した。

「どうしたんですか」

「お袋さんと一緒にいたらしい。娘を殴ったら、お袋さんが騒いでな。少し痛い目を見たようだ」

亜紀子は目を伏せた。

あの、大宅ルリ子という子だ。——私があんなことを頼んだばかりに……。

まさか、そんなことになるとは、もちろん亜紀子が知る由もなかったのだが。

「じゃ、行くぞ」

もう一人の男を促して、出て行く。

玄関のドアが音をたて、亜紀子は、若い男と二人で残された。

「さて——」

と、男はニヤついた。「のんびりしようじゃねえか。まだ時間はたっぷりあるぜ」

亜紀子の、殴られた左の頬がひりひり痛んだ。

「洗面所へ行っていいですか」

と、亜紀子は言った。「頰っぺたが痛いから、冷やしたいんです」

「いいとも。──俺は女には優しいんだ。何でも言ってみな」

亜紀子は立ち上って、洗面所へ行き、顔を洗った。

背後に、近寄って来る気配がある。

分っていた。二人になれば、何もしないですませるわけがない。

亜紀子は、目の前の棚から、シャンプーの容器を取って、蓋《ふた》を外した。さらに、中蓋も外す。

「──おい」

と、男が言った。「こっちを向け」

亜紀子は、手を背中へ回して、振り向いた。銃口が目の前にあった。

「何もしないと言ったじゃありませんか」

「服を脱ぐぐらい、何かする内に入らないぜ。──そうだろう？」

「分りました」

と、亜紀子は息をついた。「乱暴しないで下さい」

「言ってるだろ。俺は優しいんだ」

「そんなもの──突きつけられてたら、手が震えてしまうわ」

「いいとも」

男は、拳銃《けんじゅう》を、ベルトへはさんだ。女一人で、抵抗できるわけがない、と思っているのだ。

亜紀子は、容器の中のシャンプー液を、まともに男の顔にぶちまけてやった。

「――こいつ！」

男が、目を押えて、よろける。相当しみるはずだ。

亜紀子は、男を突き飛ばした。玄関へと走る。

「待て！　畜生！」

と、声が追いかけて来る。「撃つぞ！」

構わず、外へ飛び出そうとした。

ガン、と銃声が耳もとで聞こえた。

撃たれたのか？――いや、それにしては近すぎる。

「大丈夫か」

立っていたのは小村だった。

「ええ……。いつ、ここに？」

硝煙が匂った。

振り向くと、あの若い男が、突っ伏すように倒れている。

「殺したんですか」

「そうするしかあるまい？」

小村は、肩をすくめた。「連中の話は?」

「ええ……。列車のことと、服装のこと……。ホームで待っていること」

「信じたか」

「そう思います」

「よし。よくやった」

小村は、倒れた男のそばへ行って、かがみ込むと、「——死んでる」

と、言った。

「放っとくんですか」

「後で何とか理屈をつけるさ。正当防衛だしな」

小村は自分の拳銃をしまった。「出かける時間だな」

「ええ」

「十分したら出かけよう。俺の相棒が戻って来る。そいつを使いに出すからな。そうしたら一緒に行く」

「分りました。それから……」

「何だ?」

「ここへ来た、女子大生……。主人の恋人だったんです」

「知ってる。宮部と、また危い所を逃げた」

「その後で、その子の家に行ったようなんです。——主人が一人で出た後、あの連中の仲間が押しかけて――」

「何だと?」

小村は、緊張した声で、「何かあったのか」

「痛い目に遭わされたようです。そう言っていました」

「――可哀そうに」

小村は、首を振った。「家は分るか」

「いいえ。名前は、大宅ルリ子といいましたけど」

「大宅ルリ子だな」

小村は肯《うなず》いた。「生きてるといいが」

亜紀子は、ふと身震いした。小村は、その肩を軽く叩《たた》いて、

「後は任せろ」

と、言った。「俺はもう行く」

「はい」

小村が出て行くと、亜紀子は居間へ戻った。

レインコートをはおり、スーツケースを持つ。玄関まで来て、小村が呼びに来るのを待つことにした。

振り向けば、あの若い男の死体がある。

亜紀子は、見ようともしなかった。

小村は、雨の中、さして急ぐでもなく、食事から戻ってくる工藤を、苦々しい思いで見ていた。

図々《ずうずう》しい奴だ。多少でも、ひけ目を感じているのなら、それなりに振舞えば、まだいいようなものだが。

そんなことを期待しても、むだかもしれない。人の女房を盗んでおいて、平気でその夫を、先輩と呼んで来るぐらいだから。

「小村さん。どうぞ、食事に行って下さい」

と、工藤はのんびりと言った。「今まで行ってた店の裏に回ると、結構旨《うま》いラーメン屋があります。見付けたんですよ。もうあのレストランにも飽きましたからね」

そうかい。良かったな。――小村は胸の中で、言ってやった。しかし、二度と行けないぜ、お前は。

「それどころじゃない」

と、小村は言った。「奴らが来た」

「え？」

工藤はキョトンとして、「誰です、奴らって？」

幸せな奴だ。小村は、腹を立てるのも忘れて、呆《あき》れていた。

「宮部を狙ってる連中さ。当然だ、女房に目をつけるのはな」

「じゃ——あの家に？」

「もう出て行ったさ。大分おどされたらしい、女房は震え上ってた」

「どうしたらいいんです？」

「行って慰めてやるか？」

と、小村は苦笑した。「殺されるよりはいいというんで、しゃべったぞ。九時の夜行で逃げる手はずだそうだ」

「そうですか。やりましたね」

と、工藤がニヤリと笑った。「じゃ、早速連絡して——」

「待て」

と、小村は止めた。「デリケートだぞ、状況は。例の奴らも、それを聞き込んでいる。そっちが先に見付けたら、まず間違いなく、宮部は消される」

「そうでしょうね」

「殺されちまったら、しゃべらせることもできない。いいか。よく聞いてくれ」

「はい！」

「うまく行けば、宮部を無傷で手に入れて、奴を狙っている連中も逮捕できる。柳沢の敵討《あだう》ちだ」

「そうですね」

「目立たないように、見張る必要がある。分るな？」

「そっちの手配は俺がやる。お前には、やってほしいことがあるんだ」

「はい」

「何でしょう？」

「宮部は、逃げるのに、誰だか知らんが、金で、ある男に連絡をつけたらしい。その男が、ホームで宮部を待っていて、切符を渡し、細かい指示をすることになっている」

「逃がし屋ですね」

　と、工藤が肯く。

「そうだろうな。──宮部の奴、大分、服装や頭のスタイルを変えて、イメージを変えているらしい。混雑したホームで、奴を見付けるのは、容易じゃないぞ」

「そうでしょうね。何かいい方法が？」

「向うに、捜させるんだ」

　工藤は眉《まゆ》を寄せて、

「つまり──その逃がし屋を──」

「宮部は必死で捜すはずだ。お前がその男になるんだ」

「僕がですか？」

「宮部も、そいつの顔はろくに知らんらしい。だから、必ず近付いて来る。手の届く所まで来りゃこっちのもんだ」

「ですが、僕がどうやって──」

「目印がある。服装だ。ジャンパーとジーパン、それに、紺のコートを引っかけている」

「紺のコートですね」

「お前、持ってるか？」

「紺ってのは……。でも、用意しますよ」

「うん。なきゃ買ってくれ。九時十五分前ぐらいに、ホームへその格好で出るんだ。宮部は必ずやって来る」

「分りました」

工藤が肯いた。「じゃ、僕はすぐ――」

「うん、仕度してくれ。ホームで会おう」

小村は、ポンと工藤の肩を叩いた。「いいか。警官の姿が見えなくても、キョロキョロして捜すなよ。隠れてるか、あるいは、普通の乗客の格好をしているかもしれん」

「はい、小村さんは？」

「俺は、あの女房を連れて行く。女房なら、亭主を見分けられるだろう。――何しろかなり混む列車らしい。二重、三重に張っていないと、とても見付けられないし、追いかけっこにでもなったら、ホーム中がパニックだ。発砲でもしたら、けが人が出かねん」

「慎重にやりましょう」

「頼むぞ。じゃ、九時十五分前に、間違いなくホームへ来てくれ」

「任せて下さい」

工藤は、やたら元気のいい声を出すと、「じゃ、早速、帰って着替えて出ます」

「ああ」

工藤は、駆け出して行った。雨は小降りになっていたが、それでも、かなり濡《ぬ》れるだろう。

「風邪引くなよ」

小村は、工藤の後ろ姿へ、そう呟《つぶや》いていた……。

14　語らい

「今、何時だ？」

と、富田が訊《き》いた。

「もうじき、八時になります」

と、中田貞子が答えた。「まだ充分時間はございますから、ゆっくり召し上って下さい」

「うむ……」

富田は大分冷めたスープを、ゆっくりとすすった。「――たまには、いいもんだな」

ぼんやりと考えごとをしていた貞子は、

「え？――あ、すみません、旦那様《だんなさま》。何とおっしゃいまして？」

「いや、たまにはみそ汁でなく、スープもいい、と言ったのさ。それに――」

と、微笑んで、『旦那様』はないだろう、夫婦なのに。時代劇じゃないぞ」

「すみません」

貞子は、そう言って笑った。

いつもなら、

「何だって？」

と、訊き返すのは富田の役である。それが逆になってしまった。

――ステーションホテルの中のレストランである。

雨のせいもあってか、客は半分ほどしか入っていない。列車の時間に間がない乗客は、駅の構内で食べるだろうから、ここへ来ている客は、みんなのんびりしている。

「たまに、だぞ」

と、富田が言った。「年中スープじゃうんざりする。やはり手作りのみそ汁が一番飽きが来ない」

「それぐらいで喜んで下さるのでしたら、毎日せっせとお作りしますわ」

「ああ、頼むよ。――今日はいい気分だ」

実際、富田はいつになく、血色も良かった。

「本当に。少し若返られたようですわ」

「若い女房をもらったら、若返らんといかんからな」

「まあ」

貞子は顔を赤らめて、「私だって『若い』なんて、とても言えませんわ」

「私より若い。それで充分だ」

富田は、スープ皿を空にした。「――旨《うま》かった！　後は何を頼んだかな」

「ステーキにかえよう」

　富田は顔をしかめた。「病人食だな、まるで。ステーキにかえよう」

「大丈夫でございますか」

　と、貞子はびっくりして訊いた。

「昔は、六十代で、二百グラムの肉をペロリと平らげたもんだ。構うもんか」

「でも……」

「いいさ。小さめのステーキにすれば」

「はい」

　貞子は、ウエイターを呼んで、注文を変更してほしい、と頼んだ。

　いやな顔一つせずに、

「かしこまりました」

　と、言ってくれたので、貞子はホッとした。

「奥様の方は、そのままでよろしいですか？」

　と、訊かれて、

「私──」

　と、言いかけた。「あの──ええ、私は、初めのままで結構です」

　私は奥様なんかじゃありません。つい、そう言いかけていたのだ。

貞子は、自分のスープを飲み干した。大体が、洋食にはなじめないのだが、今夜は特別だった。

「今、何時かな」

と、富田がまた訊いた。

「八時ですわ」

「そうか。列車は九時だったな」

「はい」

「我々のハネムーン、というわけだ」

「まあ」

と、貞子は笑った。

「いや……。これは冗談だ。正式に籍を入れたら、本当に旅行に出よう。どこがいいかな」

「そんなご無理を――」

「何が無理だ。新郎が無理しなくて、結婚なんかできるか」

二人は、大笑いした。

「――なあ」

と、富田が言った。「そんな風に笑うのを、初めて見たぞ」

「すみません。つい――」

「いや、いいんだ。いいよ。実にいい。惚《ほ》れ直した」

「旦那様ったら、酔っておられるんじゃありませんか？」

「ほら、また出たぞ。『旦那様』はやめてくれ。『あなた』とか、何か言い方があるだろう」

「当分は慣れませんもの。勘弁して下さいな」

と、貞子は言った。

楽しい夕食である。いつまでも続いてほしい。――貞子は、心からそう願った。

「おい」

と、富田が少し声を低くして、言った。

「何でしょう？」

「ちゃんと来てるぞ」

「来てる……？」

「刑事さ、公安の。――ほら、斜め後ろのテーブルにいる」

貞子は、振り返って見た。中年の男と、若い女が食事をしている。

「私の目は確かだよ」

と、富田は肯《うなず》いて、「あれが刑事だ。いや、そう見ちゃいかん。向うは、目立たんようにに気をつかってるんだから」

「はい」

貞子は、素直に言った。

富田の言った「公安の刑事」――沼木は、米田恵理と、食事をしているところだった。

「ぜいたくな出張だな」

と、沼木はワインを飲みながら、言った。「いつも駅弁で間に合せてるのに」

「いいじゃありませんか。今夜は私と沼木さんのハネムーン……」

「そうだな」

食事も、終りかけていた。大分早目に着いていたのである。

「二人で、どこに住もうかな」

と、恵理が言った。「少し古くても一軒家がいい。私、ずっとアパートで、飽きちゃったんですもの」

「そうか。じゃ、そうしよう」

沼木は肯いた。

「大丈夫。東京を出れば、一軒家借りても、大して高くないですよ」

「そうだろうね。東京は住みにくい」

「沼木さんは、でも、やっぱり……」

沼木は首を振った。

「君のことが心配だよ。こんな中年男と――」

「そんな話、もうやめるって言ったのに」

と、恵理がにらむ。

「そうか。すまん」

「酔って、しつこくなったんじゃない？」

「そんなことないよ」

沼木は、大きく息をついて、「一杯飲む度に若返るようだ」

「じゃ、その内、赤ちゃんだ」

と、恵理は笑った。

それから、ふと真顔になって、

「私、赤ちゃんがほしいな」

と、言った。

「恵理——」

「早く作りましょう。ね？——私、内職でも何でもできるから」

恵理は、空になったワイングラスを、手の中で弄《もてあそ》んでいた。「沼木さん——あなたはほしくない？」

「そうだな……そんなことまで、考えていなかったよ」

「男の人って、そうね。女はね、いつも、妊娠する心配してるのよ」

「そうだな」

「もっとも、今の私は、期待してるんだけど……」

フフ、と恵理は笑った。「みんなびっくりするだろうなあ。沼木さんと私が駆け落ちしたなんて知ったら」

「信じてくれないかもしれないね」

「その方がやりやすくていいわ。五、六年したら、子供かかえて会社に顔を出すの。こんにちは、って大声で挨拶《あいさつ》して」

沼木は、笑った。

恵理の明るさ、若さに、つい笑いを誘われたのである。

しかし、沼木自身は、完全にふっ切れたわけではなかった。――何といっても、妻と子との、二十年近い生活を、捨てて行くのだ。

しかし、知子の実家はしっかりしているし、経済的な心配はないだろう。

今は――この若い恵理に対して、責任を果たしてやるのだ。死んだつもりになって。

「八時十五分よ」

と、恵理が腕時計を見て、言った。

「ここから十分あれば大丈夫。もう少しゆっくりしよう」

「ええ」

恵理は、いたずらっぽく、「部屋を借りて、列車の時間までに一回愛し合う？」

「まさか」

「冗談よ」

と、恵理は笑った。「デザート食べようっと！　あなたは？」

「僕はコーヒーだけでいい」

「私、プリン。——太るかな。太ったら、私のこと、見捨てる？」

「よせよ。こっちの腹が出てるのに」

「それもそうか」

恵理は手を上げて、ウエイターを呼んだ。


電車の三輛《りよう》目に、亜紀子は乗っていた。

駅が見えて来ると、小村は、

「俺は向うにいる。心配するなと言ってやれ」

と、言って、車輛の端の方へと歩いて行った。

亜紀子は、スーツケースを足下に置いて、立っていた。——彼は来ているだろうか？

突然、胸が苦しいほどの不安に捉《とら》えられて、顔から血の気がひいて行った。

今の今までは、もう何が起こっても大丈夫、と思うほど、開き直っていたのに。——いざ、宮部の顔を見ようという時になって、怖くなったのだ。

お願い、もう少しゆっくり走って。電車へ、そう呼びかけたかった。

ホームが、夜の中に明るく浮んで、それが見る間に近付いて来る。

お願い。——お願いよ。

何を願うのか、自分でも分らないままだった。そして——何秒間かの、永遠とも思える時が過ぎた。

ホームへ、電車は滑り込んで行った。

三輛目よ。——間違えないで。

ゆっくりと電車は停った。

扉が開く。亜紀子は、顔を出して、左右を見回した。

いない！　どこにも宮部の姿は見えなかった。

どうしたのだろう？　どこかで、あの連中に見付かって殺されてしまったのか。

小村の方を見て、亜紀子は首を振った。

小村も、身を乗り出すようにして、ホームを見回した。

ベルが鳴る。——亜紀子は、スーツケースをつかんだ。下りて待とう、と思ったのだ。

その時——ホームへの階段を駆け上って来た男が目に入った。紺のコートを翻している。

「あなた！」

と、亜紀子が呼ぶ。

手を振って、宮部は目の前の車輛に飛び込んだ。次の瞬間、扉が閉る。

亜紀子は、体中で息をついた。

車輛間の通路を通って、宮部が息を切らしながら、やって来る。——亜紀子は、宮部の手を握ると、

「何やってたのよ」

と、にらんだ。

「ごめんよ。ホームを間違えてたのさ。十分前から待ってたんだけど」

「もう……。寿命が縮まったわ」

「笑って見せてくれよ」

と、宮部は言った。「そう、おっかない顔をしないでさ」

「おっかなくて悪かったわね」

と、亜紀子は言った。

「大丈夫なのか、九時の夜行で?」

と、宮部は言った。

「ええ。あの人が手伝ってくれるわ」

と、亜紀子は、小村の方へ目をやった。

「あのコートの?——刑事みたいだな」

「刑事さんよ」

「何だって?」

「しっ。——ともかく、私たちを助けてくれることになってるの。心配しないで、ジロ

ジロ見ちゃだめよ。知らん顔してて」

宮部は肩をすくめた。

「分ったよ。で、どうすればいいんだ？」

「これと替えて」

亜紀子は、持って来た紙袋から、白っぽいクリーム色のコートを取り出した。

「これを着るのか」

「そう。その紺のは脱いで。——こっちへちょうだい」

紺のコートを丸めて紙袋へ押し込むと、網棚の上にのせた。

「コートのボタン、はめて。外さないでね、列車が出るまでは」

「分った。——しかし、ひどい目に遭ったよ」

と、首を振る。「君にも、苦労かけちまったな」

「あの子にもそう言ったの？」

「あの子？——ああ、ルリ子か。助かったよ。落ちついたら、無事だってことは知らせておこう」

亜紀子は、夫が、大宅ルリ子の身に何が起こったのか、知らなかったのだ、と思い当った。ルリ子と母親、二人とも重傷を負って入院した、と小村から聞かされた。母親は間もなく死んだということだ。

しかし、ここで話したところで仕方ない。黙っていよう、と思った。

「——雨がひどいな」

と、窓の外を見て、宮部が言った。「さっきは少し小降りだったのに」

「却《かえ》って都合いいわ。隠れるにはね」

「隠れる、か……。いつまで隠れて暮せるかな」

「諦《あきら》めちゃだめよ」

亜紀子は、夫の腕をつかんだ。「いい？　私がついてる限り、不自由させないから」

「うん」

宮部は肯《うなず》いた。「君に任せる」

——小村は、宮部と亜紀子の様子を、横目でチラチラと眺めていた。

分らないものだ。あんなにしっかり者で、しかも意志が強く、行動力のある亜紀子である。何も宮部のような男について歩く必要もない。

それなのに……。

男と女の仲なんて、分らんもんだ。

小村は、腕時計を見た。——時間通りに、電車は走っている。

予定通りなら、電車は東京駅に、八時四十五分に着く。

同じころ、工藤も来ているはずだ。紺のコートを着て。

小村は、おっとりと窓の外を眺めた。

工藤が殺されたと話してやった時の、初子の顔を、想像していたのである。

15　駅

ホームには、もう列車が入っていた。

万里は、足がだるいので、ベンチに座ってふくらはぎを手でもんだりしていた。

八時四十五分になっている。――万里は、もう一時間も前から、駅に来ていたのだ。

九時の列車といえば、これしかないのだが、もしかしたら、少し早い別の列車にかえたかもしれない。そう思って、列車が入る度に、あちこちのホームを駆け回っていたのである。

しかし、もうこの列車の前に出る列車はない。これにきっと父は乗るつもりなのだ。

米田恵理と一緒に。

雨仕度はして来たものの、ずっとホームにいたせいか、寒く感じる。――でもあと十五分くらいの辛抱だ。きっと、きっとお父さんはここに来る。

雨が大分ひどくなって、停っている列車の屋根にはじけている。

「ホームの端は滑りやすくなっておりますので、端から離れてお歩き下さい」

というアナウンスが、くり返されていた。

確かに、その必要はあっただろう。ホームは、人で溢《あふ》れんばかりになりつつあったからだ。

列車が入って、みんなが乗り口の前に並んだものの、扉が一向に開かない。車内の清掃を行なっております、というアナウンスはあったが、それも大分前だ。

「いい加減、乗せりゃいいのに」

という文句が、あちこちから、聞こえて来る。しかし、相変らず、列車は素知らぬ顔で、客をしめ出していた。

この人出の中で、見付けられるかしら？

万里は不安になっていた。しかし、この人出では、ホームを歩くのも容易ではない。ベンチも、もちろん一杯で、一旦《いったん》立てば、もうすぐに誰かに座られてしまうのは、確実だった。

今、万里が座っているベンチからは、ホームへ上って来る階段が見えた。しかし、階段は別にもう一つあるし、父がどこから来るかは、知りようがなかった。

「——まあ、凄《すご》い人ですね」

と、女の人の声がした。「どこかお座りになれるといいのに……」

「大丈夫。せいぜい十分かそこいらだ」

ずいぶん年齢《とし》の行った感じの老人が、厚手のコートを着て、やって来た。

「本当に、ぎりぎりでないと入れてくれないんですものね」

「何輛《りょう》目だ？」

「この辺です。――その箱にでもおかけになったら？」

万里は、

「あの――」

と、声をかけた。「ここに、どうぞ」

「あら……よろしいんですか？　すみません」

その婦人は、「旦那様《だんな》、じゃ、ここへ座らせていただいた方が」

「そうか？――いや、すまんね」

「いいえ。どうせ、もう立つところでしたから」

と、万里は言った。「下、濡《ぬ》れてますから、気を付けて」

「ありがとう。――優しい子だね、君は」

万里は、ちょっと照れた。

「旦那様。ちょっと売店に行って参りますわ」

「うん。荷物は見ているよ」

「すぐに戻ります」

と、その婦人は、人をかき分けて、歩いて行った。

万里は、周囲を見回していた。見える範囲は限られているのだが、動きがとれない以上、仕方ない。

「待ち合せかね」

と、老人が言った。

「ええ……ちょっと」

万里は曖昧《あいまい》に言って、必死で目をこらしていた。

列車の中に入ってしまったら、どうしよう？　乗って捜すしかないかもしれない。

万里は、そこまで考えていた。乗って、中を捜す。もしいなければ、次の駅で降りればいいのだから。

「いや、大変な人出だ」

老人が言うのが耳に入った。「これでは、警備も楽じゃないな」

万里は、もう一つの階段の方へ行こうと思った。

歩き出した拍子に、老人が前に置いていたスーツケースをけとばしてしまった。

「あ！　ごめんなさい」

自分も転びそうになったが、スーツケースは倒れてしまった。

「いや、大丈夫。大丈夫だよ。君、痛くなかったか？」

「はい。すみません、足下を見ていなかったんで」

「いや、謝ることはないよ。早く客を列車へ入れればいいのだ」

万里は、スーツケースを、老人のわきへ寄せて、他の人がつまずかないようにしてやった。

「ありがとう。もうすぐ、連れが戻って来るから」

と、老人が微笑んで、「それに、警備の人間もおるしね」

「警備って、何のですか」

不思議に思って、万里は訊《き》いた。

「うむ。私が出かける時は、いつも公安の人間が何人かついていてくれるのさ」

「公安の？」

「刑事だよ。暗殺とか、そんなこともないとはいえんからね。――ほら、あそこに来たのも刑事だ。それらしく見えないだろう？」

言われて振り向いた万里の目は、父を見付けていた。

「失礼します」

万里は、人をかき分けて、歩いて行く父の後ろ姿を見失うまいと必死で追った。

声をかけるには、距離がありすぎる。

万里は小柄な方だ。ともすれば、父の姿は人の間に隠れてしまう。

一旦見失ったら、もう二度と見付からないかもしれない。万里は、息を切らしながら、列の間を進んで行った。

笑い声が不意に耳に入って、足を止める。

――父がいた。

父は、若い女と笑い合っていた。女の方はスーツケースをさげている。若い。万里の目にも、せいぜい二十歳ぐらい、と映った。

「ええ？　いやだ、本気なの？」

と、甲高い声を上げて、その女が笑う。

自分とそんなに年齢も離れていないはずの女性。――あれが米田恵理だろう。

そして、何よりも万里の足をすくませ、それ以上、父親に近付くことを思い止《とど》まらせたもの。それは、父親の、明るく親しげな笑いだった。

あんな風に、父親が笑ったことがあっただろうか？――万里の中の、ずっと奥底の方で、その笑いは、かすかな思い出を呼びおこした。

ずっと昔。万里が小さくて、父に簡単に抱き上げられたころに、あんな笑い声を聞いたことがある……。

忘れていたのだ。父が、あんなに楽しく笑うことがある、というのを。

万里にはショックだった。――近付きがたいほど、その二人は楽しげで、そして、よく似合っていたから……。

「――もう少しね」

と、その女性が言った。「私、週刊誌買って来る」

「じゃ、それを持っててやるよ」

と、父が言っている。

「下へ置いて大丈夫よ。――そう？　じゃ、お願い。すぐ戻る」

父が一人になった。万里は、駆け寄って連れ戻そうと思った。だが——父は、まるで見知らぬ人のように、遠く見えたのだ。

万里は、売店に向って足早に歩いて行く女性——米田恵理の後を追って、小走りに歩き出していた。

男がぶつかった。

「——おっと、ごめん」

「すみません」

万里は、紺のコートをはおったその男に、一言謝って、駆けて行った。

畜生。——工藤は、ホームを歩き回るのにも、いい加減くたびれていた。

何て人ごみだ。もう列車へ乗せちまえばいいのに！

ホームが空《す》いて来れば、宮部を捜すのだって簡単だ。しかし、五分前とかになって、やっと扉が開くのでは、ホームが空いても、見付けるだけで、下手すれば手一杯——。

まあ、宮部の方でこっちを捜しているのだろうから、何とかなるだろうが。

問題は、例の、宮部を追っている連中だ。まさかこんな人ごみの中で殺したりはしないだろうが、こっそり連れ去られても、これじゃ分りそうにない。

私服が何人も出ているはずだが……。

見回しても、工藤の知った顔はない。

それに小村さんも、まだ来ないのかな。

工藤は、足を止め、息をついた。

階段のわきで、少し人のまばらな場所がある。扉が開くまで、ここに立っていようか。

あまり動き回るより、却《かえ》って、宮部の方から見付けやすいかもしれない。

――小村さんは、知ってるんだろうか。

女房が浮気しても……。あの言葉を聞いた時はドキッとしたが。

小村に嫌われたくなかった。小村の妻と寝ておいて、虫のいい話だが、正直、工藤はそう思っていたのである。

確かに、小村は夫としては問題もあるかもしれないが、工藤にとってはいい先輩だったのだ。

「――もう五十分を過ぎちまったじゃないか。何してんだ、一体」

列車にか、宮部にか、自分でもよく分らないグチを呟《つぶや》いていると――。

「声を立てるなよ」

後ろに誰かいるなどと、全く気付かなかった。背骨に、固いものがゴリッと押し当てられる。工藤は、戸惑った。

「何だ？」

と、振り向きかけると、男が二人、両側に立って、工藤の腕を取った。「――おい」

「声をたてるな、と言ったろう」

後ろの男が言った。「ここで撃っても、聞いてる奴はいないぜ」

工藤は、やっと、背中に押し当てられたものが何なのかを知った。顔から血の気がひいて行く。

「待ってくれ。何だっていうんだ？　勘違いするなよ」

「うるせえな。黙らせろ」

いきなり、一人が肘《ひじ》で工藤の腹を打った。工藤は、呻《うめ》いて、体を折った。目の前がかすんで来る。膝《ひざ》が折れそうになった。

「かかえて行け」

と、後ろの男が言った。

両側の男たちが、工藤をかかえ上げるようにして、歩き出す。――見たところは、酔ったかどうかして気持悪くなった友だちを、連れて行くという様子だ。

「下だ」

と、後ろの男が言った。

階段を下りかけた時、

「ご気分でも？」

と、親切な駅員が声をかけて来た。

「いや、大丈夫です」

と、男がにこやかに言った。「少し悪酔いしただけでしてね。どうも」

工藤は、半ば気を失いかけたまま、自分が階段を下りていることに気付いていた。しかし、下腹の痛みは、重くのしかかるようで、声などとても出せない。

何が起こっているのか、さっぱり分らなかった。――畜生、俺は刑事だぞ！　こんなことして、ただじゃ済まないぞ！

「左だ」

と、男の声がした。

男たちは、工藤をトイレの中へ引きずるように連れ込んで行った。

工藤たちがトイレに消えるのとほとんど同時に、階段の下へ、宮部と亜紀子がやって来ていた。

「――あと五分だわ」

亜紀子は足を止めて、言った。

「まだ乗せてないな」

と、宮部はホームを見上げ、「あんなに人が立ってる」

「そうね」

乗客を入れ始めたら、それに紛れて列車に乗り込む。それが小村の指示だった。

「ここにいましょう。大丈夫。目立たないわよ」

二人は、階段の下の売店のわきに、隠れるように立った。

「――あの刑事は？」

「さあ……」

亜紀子は、ちょっと周囲を見回した。

「信用できるのか」

「今は信用するしかないわ」

「しかし、どうして俺を助けてくれるんだ？」

亜紀子は肩をすくめた。

「知らないわよ。――何か理由があるんでしょ。私たちにはどうでもいいことだわ」

「そうだな」

と、宮部は肯《うなず》いた。「日ごろの行ないがいいからかな」

こんな時なのに、亜紀子は、笑ってしまった。――小村が、いつの間にか、二人のすぐわきを通って行った。

「こっちを見るな」

と、小村は、そっぽを向いたまま、言った。「ホームの様子を見て来る。ここにいろよ」

「はい」

と、亜紀子は答えた。

小村が、足早に階段を上って行く。

いささか足下の覚束ない様子の老人が、階段を下りて来たと思うと、ちょっとよろけた。

「おっと！」

小村は、手を出して、その老人を支えてやった。

「や、どうも……。ありがとう」

と、老人は、真直ぐに立って、「ありがとう」

と、くり返した。

「いや、別に」

小村はニヤリと笑った。

「トイレは下にあったかな」

と、老人が訊《き》いた。

「下りて左にありますよ」

「そうか。いや、さっぱり列車に乗れんのでね。すっかり冷えてしまった。——どうも、ありがとう」

「どういたしまして」

小村は階段を駆け上った。——なかなか風格のある老人だった。結構名のある人物なのかもしれないな。

階段を上り切ると、小村は振り返って、あの老人が、間違いなく、トイレの方へと歩いて行くのを、確かめていた。

——工藤の奴。もう見付かったかな。

電車が、少し遅れた。もう少し早く、ここに来られると思っていたのだが。

工藤が時間通りにこのホームへ、指示した格好でやって来たとしたら、網を張った連中の目に止っていておかしくない。

しかし、この人ごみだ。工藤も動きが取れずにいるかもしれない。

その時、アナウンスが流れた。

「大変長らくお待たせいたしました。ドアが開きますので、お早くご乗車下さい」

「散々待たしといて、早く乗れ、だってさ」

と文句が聞こえて来る。

ともかく、待ちくたびれた客たちは、荷物を手にして、ゾロゾロと、乗車口の前に移動し始めた。

そして列車の扉が、一斉に開いた。

あ、扉が開いたんだわ。

米田恵理は、迷うのをやめて、パッと週刊誌を二冊取り、

「これ、下さい」

と、お金と一緒に出した。

おつりをもらって、歩きかけたものの、みんな一斉に乗ろうとするので、却《かえ》ってホー

ムは大混雑になってしまっていた。

そんなに焦っても、と恵理は苦笑した。しかしみんながあわてていると、自分も急いでしまうのが人間というものだ。

少し待ってれば、潮が引いて行くように、ホームは空《す》いて来るのに。

恵理は、売店のわきに立って、押し合いへし合いして列車に乗り込む客たちを眺めていた。

「すみません」

と、声がした。「米田恵理さんですね」

名前を言われてびっくりした。まさか、こんな所で、人に呼ばれるとは思わなかったのだ。

「え?」

と、振り向くと、十六、七の女の子がじっとこっちを見ている。「——どなた?」

「米田恵理さんですね」

と、その娘はくり返した。

「ええ……。あなたは?」

「お願いです。父を返して下さい」

と、その娘は頭を下げた。

「お父さん……。じゃ、沼木さんの?」

恵理は、愕然《がくぜん》とした。どうしてここにいるのを知ったのか、それも不思議だったが、そんなことよりも、その娘が、恵理を恨む様子でなく、頭を下げているのが、驚きだったのだ。

「娘の万里です」

「万里さん……」

「さっきから、見てました。父と一緒のところ」

「じゃ、お父さんに会って来たの」

「いいえ。――あなたにお願いしたくて」

「万里さん……。お父さんは――」

「私、初めて見ました。父があんなに楽しそうにしてるところ。幸せそうで、笑ってるところ。――うちにいたら、父はあんなに幸せじゃないかもしれない、と思ったら、声をかけられなくて――。でも、私の父です。お願いです。私から父を奪《と》って行かないで」

恵理は、万里というその娘が、目の前に、膝《ひざ》をついて、ペタッと座るのを見て、息を呑《の》んだ。

「お願いですから……。父を返して下さい」

万里は、手をついて、頭を下げた。

ホームに座り込んで、頭をつけんばかりにして。

恵理は、体が震えた。こんなことが自分にできるだろうか、と思った。

ホームは、今、列車に乗り込む客たちで大騒ぎだったから、ほとんど気付く人もなかったが、売店のおばさんなどは、目を丸くして、その光景を眺めている。

恵理は、打ちのめされるような思いで、週刊誌を投げ出すと、かがみ込んだ。

「やめて、そんなこと！——立って。立ってちょうだい。ね、万里さん」

万里が顔を上げる。涙で光った目が、じっと恵理を見上げていた。

この娘の頼みを拒めたら、人間じゃない、と恵理は思った。

自分の未来？　そんなものが何だろう？　この娘の、ひたむきな思いに比べれば……。

「——分ったわ」

と、恵理は言った。「お父さんを連れて帰って」

万里が、目を輝かせた。

「いいんですか？」

「だから、立ってちょうだい。——ああ、濡《ぬ》れちゃって」

「構いません」

と、万里は言った。

「万里さん。お父さんは、あなたたちと一緒でも、決して不幸じゃないのよ。ただ——

——」

「会社を辞めたのは知ってます」

と、万里は言った。

「そう」

恵理は肯《うなず》いた。「お父さんを責めないでね」

「ええ」

「じゃ、行って。私のスーツケースは、そこへ置いて行くように、言ってちょうだい。後で持って帰るから」

「はい」

万里は、ちょっと目を伏せて、「すみません」

と、言った。

恵理は、その万里の言葉の中に、女としての共感を聞き取った。この少女が、理解しているのだ。

恵理が、何もかも捨てて、沼木と新しい生活を始めようとしたことを。万里は、それを挫折《ざせつ》させたことに、「すみません」と謝っているのである。

「いいのよ」

恵理は、万里の肩に手を置いて、言った。「行って」

「はい」

万里が、小走りに父親の方へと駆けて行く。

ホームは、やっと少し空き始めていた。

亜紀子は、階段の上から、小村がこっちを見下ろして、肯いて見せるのを見た。

「あなた。行きましょう」

と、夫を促す。

「よし」

「コートの襟、立てておいた方がいいわ」

「スーツケースは僕が持つ」

宮部は、亜紀子の後について、階段を上り始めた。遅れそうだというので、焦った客たちが、階段を駆け上って行く。

「大丈夫。まだ三分あるわ」

と、亜紀子が言った。「ベルも鳴っていないし」

「ああ。——やっと、本当にうまく行きそうな気がして来たよ」

と、宮部がホッとしたように言った。

二人が階段を上ってホームに出ると、小村が目をそらしたまま、言った。

「大丈夫だと思う。乗って行け」

「はい」

亜紀子も低い声で言った。

二人が歩き出す。

その時、小村は、遠くで、バン、という銃声のようなものを聞いた。

——あれは？　銃声だろうか？

小村にも、何とも判断ができなかった。


「少し待て」

トイレに工藤を連れ込んだ男たちは、他に二、三人入っているのを見て、洗面所の鏡の前で、出ていくのを待った。

工藤は、やっと声を出せるようになった。

「——何の真似だ！」

「静かにしろと言ったぜ」

「俺は刑事だぞ。こんなことを——」

「黙れ」

ポケットの中の拳銃《けんじゅう》が、ぐっと工藤のわき腹へ押し付けられる。——工藤は、やっと恐怖を覚え始めた。

これは事実なのだ。今、俺は殺されようとしている。

「——よし、いなくなったぜ」

と、一人が言った。

「奥だ。手っ取り早くやろう」

「おい！　やめろ！」

工藤は顎《あご》を殴りつけられて、呻《うめ》いた。

二人の男に引きずられるように、トイレの奥へと連れて行かれる。

取り出した拳銃の黒光りする銃口が、真直ぐに工藤の目に向いた。

「おい……。やめてくれ……」

恐怖で、喉《のど》がこわばった。声がかすれて、声にならない。

「——何をしてるんだ」

突然、声がした。

コートを分厚く着込んだ老人が、立っている。

ゆっくり足をひきずるようにして入って来たので、足音がしなかったのだ。

「じいさん。黙って出て行け」

と、男が拳銃を見せた。「オモチャじゃないぜ」

「馬鹿にするな！」

と、老人が目をむいた。「何者か知らんが、そんなことをして、逃げられると思ってるのか」

「下手に強気に出ると、けがするぜ」

「お前らのような人間が、日本をだめにするんだ」

老人は、そう言うと、クルリと振り向いて、「おい！　誰か来てくれ！」

思いもよらないほどの大きな声を出した。

「おい！——ここだ！」

と、出口の方へと歩いて行く。

「黙らせろ！」

工藤を押えつけていた二人の内の一人が、あわてて駆けて行った。

工藤は、ナイフが光って、老人の背に突き立てられるのを見た。老人は、短く息を吸い込んで、その場に倒れた。

工藤は、ほとんど何も考えずに、思い切り、自由になった左手を振り回した。

中腰になって、老人の方を振り向いていた拳銃を持った男は、工藤の大して力の入っていないパンチで、よろけて尻《しり》もちをついた。その弾みで引金を引いていた。

銃声が、仰天するほど大きな音になって耳を打った。

工藤は、飛び上るように立って、夢中で駆け出していた。

トイレを飛び出し、左右を見回す。

階段の上の方を見ると、小村が立っているのが目に入った。

工藤は、夢中で階段を駆け上って行った。

小村は、工藤が階段を必死で駆け上って来るのを見ていた。

しくじったな、と思った。今のは、やはり銃声だ。やり損なったのだ。

「小村さん!」

「どうした?」

「今——トイレで——殺されるところでした!」

と、喘《あえ》ぐ。「奴らですよ、きっと!」

「大丈夫か?」

「ええ。何だかどこかの年寄りが入って来て……。刺されました」

あの老人だ! 小村は唇をかんだ。

「逃げちまいますよ! みんな、どこに?」

「俺に任せろ!」

と、小村は言った。「お前は宮部を捜せ。ホームにいるはずだ。いいな?」

「ええ……。でも——」

工藤は青ざめて、ガタガタ震えていた。

「しっかりしろ! それでも刑事か」

小村は、工藤の肩をつかんで揺すぶった。「早く行くんだ!」

「はい……。大丈夫です」

工藤は、よろけるように、歩き出した。

小村は、列車へ目をやった。——宮部たちは、もう乗り込んでいるはずだ。

「もう乗った方がいいわ」

と、亜紀子は、宮部に言った。「ホームを歩いてると、見付かる」

「うん。しかし車輛《しゃりょう》が――」

「中に入ってから、歩きましょう」

亜紀子は、宮部の腕をつかんで、言った。「そこから乗って――」

足が止る。

乗客の列が列車の中へと消えて行った。そこにあの男が立っていた。――家へ来て、亜紀子を殴った、あの男だ。

亜紀子に気付いていない。しかし、ほんの十メートルほどの距離。遮るものは何もなかった。

「おい――」

「離れて！」

「え？」

「一人で先に乗って。すぐ行くから」

「でも――」

亜紀子は、夫と離れて、歩き出した。

その男が、亜紀子に目を止めた。ちょっと眉《まゆ》を寄せ、不思議そうに見ていたが、すぐに亜紀子を追って歩き出した。

もうホームはどんどん人が少なくなって来ている。人に紛れることはできなかった。亜紀子は足を早めた。追って来ているのは分っていた。少しでも、夫から引き離さなくては！

階段の方へと歩いて行くと、駆け上って来た男がいた。息を切らし、誰かを捜している。

亜紀子は、追って来た男が、その男に合図したのを見た。亜紀子の方へやって来る。前後から、亜紀子は挟まれる格好になった。

駅員が、ホームを歩いて来る。亜紀子は駆け寄った。

「すみません！」

「何ですか？」

「あの――あの――気分が悪いんですけど」

と、亜紀子は言った。

不自然ではないはずだ。亜紀子は青ざめていたから。

「ああ、顔色悪いですね。じゃ、医務室へ」

「すみません……」

今はこうするしかなかった。

駅員と一緒の所へ手は出すまい。――列車がでる！

ベルが鳴り始めた。

「間もなく発車いたします」

と、アナウンスがホームに響いた。

宮部はホームに突っ立って、亜紀子が戻って来るのを待っていた。

先に乗れ、と言われても、切符を持っていないのだ。――亜紀子の奴、どこへ行ったんだろう？

ベルが鳴り出す。

宮部は迷った。亜紀子のことだ。きっと、戻ってくる。そうだとも。

宮部はスーツケースを左手に持ちかえて、乗り口の方へと歩いて行った。ホームを見回しながら。

紺のコートをはおった男が、宮部を見て、足を止めた。その目は、はっきり宮部を見分けている。

宮部はスーツケースを落として、駆け出した。

「宮部！――待て！」

と、その男が叫んだ。

宮部！　待て！

その声がホームに響いて、亜紀子は、ハッと足を止めた。

亜紀子が駅員と一緒に歩いて行くのを、少し離れて見ていた男たちも、その声を耳にしていた。
「向うだ！」
二人が駆け出す。
「待って！」
亜紀子は、面食らっている駅員を後に、その後を追って、走り出した。
宮部は、ホームを駆け抜けた。
「宮部！　止れ！」
と、声が追って来る。
いやだ！　誰が止るもんか！
亜紀子！　どこにいるんだ！
ホームの反対側に、次の列車が入って来た。
もう一度、ベルがなる。——発車時間になっていた。
宮部は、弁当を積んだワゴンが目の前に出て来るのを見て、足を止めようとした。
ホームは濡《ぬ》れていた。とても止るものではない。
ワゴンを突き飛ばすようにして、宮部自身も大きくよろけた。
亜紀子は夫がホームに凄《すご》い勢いで転倒するのを見た。その勢いで、ホームの端まで——
——。
宮部はホームから転り落ちた。次の列車が入って来る、その目の前に。

キーッ、と鋭いブレーキの音が鳴った。

悲鳴が——叫び声が、一瞬、火のように噴き上って、消えた。

亜紀子は立ち止った。

駅員たちが、駆けつけて来るまでに少し間があった。

「——何だ？」

「どうかしたの？」

「人がひかれたみたいよ」

しゃべっているのは、駅員か、売店のおばさんたちだった。

もう、列車は出るばかりになっているのだから。

しかし、一旦《いったん》騒ぎが広がり始めると、たちまちホームに人が集まって来た。

アナウンスがあわただしく、九時発の夜行の出発延期を告げていた。

乗客たちもゾロゾロと降りて来て、人だかりの方へ、こわごわやって来る。

亜紀子は、人だかりの少し手前に立って、動かなかった。

「どいて下さい！　退《さ》がって！」

と、駅員が怒鳴って、やっと少し、人垣が後退した。

——小村が、人をかき分けて出て来ると、亜紀子の方へ歩いて来た。

「——あの人は？」

と、亜紀子は言った。

「死んだ。見ない方がいいかもしれんな」

亜紀子は首を振った。

「馬鹿げてるわ……」

と、呟《つぶや》く。「こんなことって……」

「ツイてなかったな」

と、小村は言った。

「あなたも、でしょ」

「うむ……」

小村は、ゆっくりと首を振った。「お互い、ツキがないのかもしれんな」

——小村は、ゆっくりと歩いて行った。

亜紀子は二、三歩歩き出して、その場に座り込んでしまった。

——ホームの騒ぎの中で、亜紀子の周囲だけが、切り離されたように、ポツンと取り残されていた。

雨が、また激しくなって、ホームの屋根を叩《たた》き始めている。

エピローグ

駅長室へ入ると、中田貞子は、

「あの……」

と、おずおずと言った。

「富田さんですか」

若い男が、やって来た。

「はあ」

「あの……こちらへ」

と、若い男は、目を伏せがちにして、「工藤と申します。刑事です」

「あの――」

「僕が殺されかけたところへ、富田さんが……。堂々としておられて、犯人たちをにらみつけて……。おかげで僕は助かりましたが……」

奥の長椅子に、富田は横たえられていた。

「――本当に、立派な方でした」

と、工藤は言った。

「そうですか」

貞子は、穏やかな富田の顔を、じっと見下ろしていた。

「申し訳ありません」

と、工藤が頭を下げる。

「いえ……、この方らしいことです」

工藤が、顔を上げて、

「奥様……でいらっしゃいますね」

そうだわ、と思った。「この方」なんて言い方をして。また叱られるところだわ。

「そうです」

と、貞子は言った。「富田恒宏の家内です」


「お父さん」

タクシーは、もうすぐ家に着く。

「うん……」

沼木は、じっと目を閉じていた。

「怒ってるの？」

と、万里は言った。

「どうしてだ？」

沼木は、万里を見て、「お父さんが怒るわけがない。お前たちが怒るのなら——」

「そうじゃないの」

と、万里は首を振った。「お父さんに幸せになってほしいから」

沼木は、笑って、万里の肩を抱いた。

「お前が、そんなにまでして、捜しに来てくれたのが嬉《うれ》しいよ」

万里は、ホッと息をついた。

「——お母さん、心配してるかなあ」

「そうだろうな」

「どうしたらいい？」

「お母さんとのことは、お前が心配しなくてもいいさ」

「だけど……。もし——」

「もし？」

「私が家出しようとして、お父さんが連れ戻して来た、ってことにすれば？」

沼木は、万里の気のつかい方に、胸が痛んだ。——万里も、米田恵理も、俺一人のわがままのために、何と苦しんだことだろう。

「お前は、黙って自分の部屋へ行けばいいのさ。お父さんは、お母さんとゆっくり話し合う」

「うん。でも……その前に、何か食べたい。お腹空《す》いちゃったもん」

「そうか。晩飯抜きだったんだな」

「そうよ。今度、おごってね」

「ああ」

沼木は、笑って肯《うなず》いた。「──あ、そこで停めてくれ」

タクシーを出て、玄関先へと、駆け込む。

「ひどい雨だったな」

ドアを開けて入ると、沼木は、「おい。──知子」

と、声をかけた。

「お母さん。ただいま」

万里が声をかけると、知子が出て来た。

「どこへ行ってたのよ！」

と、顔を真赤にして、「人が心配してるっていうのに！　二人でこんな時間まで、ほっつき歩いて来て！　もうご飯は一人で食べちゃったわよ。お風呂《ふろ》もわかしたわ。一人で入って先に寝ますからね！　二人で仲良く好きにしてちょうだい！」

一気にまくし立てると、居間へ戻って行ってしまう。

沼木と万里は、ポカンとしていたが、やがて顔を見合せ、笑い出した。

「お父さん、大変よ、お母さんをなだめるの」

「任せとけ。——ああでなきゃ、却《かえ》って心配さ」

「そう？」

「あれでこそ、母さんだ」

沼木は、万里に、ちょっとウインクして見せると、咳払《せきばら》いしながら、居間へと入って行く。

万里は、それを見送って、それから二階へと、軽い足取りで上って行った。

お腹も空いたが、ともかく濡《ぬ》れた服をかえなくちゃ。

そう。お母さんの機嫌が直るまでには、ちょうどそれくらいの時間はかかるだろうから……。

解説

辻《つじ》 真《ま》 先《さき》

もしあなたがこの解説文を立ち読みしているのなら、どうか今のうちにレジへ本書をお持ちください。

なぜかといえば。

解説を読み終えてもまだ購入の決心がつかなかった場合、あなたは次に本文に目を通そうとするでしょう。ほんのちょっぴりとか、少しだけとか、心中で言い訳しながら、読み始めたとします。

「止れ！」

夜の中から、鋭い叫び声が上った。

車が急ブレーキをかける。……

という場面で物語は始まります。初っぱなからの急展開でアレヨという間に、読者はお話の世界へひきずりこまれてしまうのです。

さあ、この三行を読んだあなた、そんなところで立ち読みをやめられますか？　いい書店にはいい従業員が揃っています。美女やイケメンの店員にガンを飛ばされているとも知らず、あなたは夢中で読み進んでいる。なんという非常識、愛書家の名に恥じるがいい。店員さんの顔に書いてあります。

お気の毒に……こうしてあなたは、すてきな恋のチャンスを取り逃がすのですよ。

だからいわんこっちゃない、ぼくの解説なぞ読む暇があったら、とっととレジへ行くに限るのです。

……とまあそれほど、赤川さんの小説はみごとにツカミがうまい！

えっと。こんなとき使われるツカミという言葉をご存じでしたっけ。ぼくの電子辞書には、まだ記載されていないのですが。

はじめて知ったのは、ぼくがマンガの原作を書いていたころでした。読者の胸ぐらを摑《つか》んで「さあ読めいま読めすぐに読め！」とばかりに、話は冒頭から猛ダッシュ、先を読まずにいられなくなる書き方です。

いわば読者をまるごと小説世界に投げこむ剛速球といえるでしょう。

ところがです。

しばらく本書を読みつづけると、あなたはきっと気がつきます。主役と思っていた登場人物がコロリコロリと変わってゆく。この事件がメインと思っていたら、まるで無関係な場面に移動して、ヤヤヤとびっくりさせられます。

？？？

　頭上に疑問符を林のように立てたときは、もう遅い。すでにあなたは赤川作品の術中に陥っているのです。

　回り灯籠《どうろう》のように、あるいは輪舞のように、人物が情景が事件が、読者の眼前をにぎやかに踊りぬけてゆく――。

　この手法は、そう頻繁に使われているわけではありません。ツカミの工夫は王道ですが、こちらは変化球といえるでしょう。

　小説に限らず映画でもテレビでもマンガでも、物語には必ず主役が存在しております。たいていの場合は美男美女ですが、たまに顔面偏差値はひくくても異様に魅力ある人物が、主演するケースだってあり得ます。

　そんな彼ら彼女らは、ページの中から呼びかけてくるでしょう。

「さあ、私に注目して。私が悲しいときは、読者のあなたも悲しんで。嬉《うれ》しいときはあなたも有頂天になってください。あなたと私は物語の中で一体化する！」

　作劇術でいう感情移入ですね。読者とキャラ、ふたりでひとりの状態に落としこむには、もちろんそれ相応の時間がかかります。物語に占める主人公のページ数だって、一番多いに決まっています。

　ところがこの長編では、主要人物と思われたキャラが、ストーリーが進むにつれどしどし変化してゆくのです。だからといっておのおのの人物は、うわべだけ描かれた人形ではない。悲しみも喜びも怒りも持ち合わせた――いや、それどころか不倫の罪を背負ったり、死の恐怖に晒《さら》されたり。誰ひとり取り上げても、主役をつとめられる個性と、それを生かす設定に存在しているのですから、やがてあなたは自分が豊饒《ほうじょう》なドラマの大海に漂っていることがわかるでしょう。

映画華やかなりしころ、正月興行といえばオールスターキャストの豪華配役作品に決まっていました。いってみればこの小説は、オールスターの楽しさです。

そうした正月興行の映画が、必ずしも秀作揃いとは限りません。役者の魅力におんぶに抱っこ、既成スターのオーラだけを頼りに、なんの工夫もない凡作となることがしばしばあるからです。

その一方では、往年の名監督ジュリアン・デュヴィヴィエが『運命の饗宴《きょうえん》』で演出したような（いくらなんでも古いか。だから年寄りは困るよ）……いえ、もっと新しいところでは、泡坂妻夫《あわさかつまお》が亜愛一郎《ああいいちろう》シリーズのラストシーンで演じた怒濤《どとう》のお遊び、あるいは手塚治虫《てづかおさむ》の長編マンガのように完成度の高いオールスター話も多くあります。かように作者の匙《さじ》加減ひとつで傑作になるものの、創出される頻度が少ないだけに、やはり難易度の高い構成といえるでしょう。

ですが、たとえば撞球《ビリヤード》のかっこよさ――撞《つ》いた手球が的球に衝突して、次々とそのアクションが波及して、思いがけない局面を呈するシーン。あるいはパチンコの小球が、盤面を予想外の方向に落ちてゆく面白さにたとえてもいいでしょう。

目を離すことのできないテンポでサスペンスを孕《はら》み、意外な結論に到る。なんのことはない、まんまミステリの構成ではありませんか。

この長編の面白さは、読者がイメージするミステリ——犯人探しやアリバイ崩し、密室の謎など——とは、少々違っているかもしれないけれど、みごとにミステリの形を整えています。

でもこれが警察小説なら、犯人逮捕をゴールに想定できますが、この場合は下手をすれば印象がバラつき、自分がどんなゴールへ案内されるのか、読者が心もとなく思う不安がありそうです。

だからそのために、ちゃんと題名にうたってあるのですよ……。

雨の夜、夜行列車に。

多彩なキャストが歩む道はそれぞれでも、いずれ「雨の夜」「夜行列車」にむかって収斂《しゅうれん》してゆくと、幕切れは予想されています。

降りなずむ暗色を裂いて駆ける夜汽車という、雰囲気たっぷりな舞台装置が、物語の要《かなめ》として用意されているのも、作者の大きな企《たくら》みのひとつでしょう。ぼくも物書きの端くれですから、実はこのタイトルと人物配置から、(赤川さんが、どう話の風呂敷《ふろしき》を結び終えるのか?)ぼくなりに頭をひねっていました。

結論は全然ハズレでした。

キャラクターの扱いひとつとっても、見せ方ひねり方が、ぼくの想像から首ひとつ抜きん出ているのです。

それがそのまま赤川作品の魅力に直結すると思ったので、ひとつだけ例をあげさせてください。

開巻早々に登場し、エピローグを美しく飾る富田《とみた》夫婦（あえて夫婦と書きます）のエピソード。夫となる富田恒宏《つねひろ》を、作者はどのように描出したでしょう。本文に目を通された読者なら納得していただけるでしょうが、峠を越した元政治家の、尊大で孤独でいくらか滑稽《こっけい》でいくらか哀愁を帯びた人間像。皮肉をこめながら、ほのかに温かく後味よく描かれた夫婦の姿に、赤川作品が長年にわたって読者に愛された秘密を垣間《かいま》見たような気がしました。

この作者および、作者と同時代に生きた読者のみなさんを、ぼくはつくづく羨《うらや》ましいと思うのです。

「解説」という看板にはそむきましたが、以上はぼくのいたって素直な感想です。赤川さん、読者のみなさん、ご勘弁ください。

本書は一九九〇年八月徳間文庫より刊行されました。

雨《あめ》の夜《よる》、夜《や》行《こう》列《れつ》車《しや》に

赤《あか》川《がわ》次《じ》郎《ろう》

平成29年 1月25日　初版発行

発行者●郡司 聡

発行●株式会社KADOKAWA
〒102-8177　東京都千代田区富士見2-13-3
電話 0570-002-301（カスタマーサポート・ナビダイヤル）
受付時間 9:00～17:00（土日 祝日 年末年始を除く）
http://www.kadokawa.co.jp/

角川文庫 20151

印刷所●旭印刷株式会社　製本所●株式会社ビルディング・ブックセンター

表紙画●和田三造

ISBN978-4-04-104459-9　C0193

角川文庫発刊に際して

角　川　源　義

第二次世界大戦の敗北は、軍事力の敗北であった以上に、私たちの若い文化力の敗退であった。私たちの文化が戦争に対して如何に無力であり、単なるあだ花に過ぎなかったかを、私たちは身を以て体験し痛感した。西洋近代文化の摂取にとって、明治以後八十年の歳月は決して短かすぎたとは言えない。にもかかわらず、近代文化の伝統を確立し、自由な批判と柔軟な良識に富む文化層として自らを形成することに私たちは失敗して来た。そしてこれは、各層への文化の普及滲透を任務とする出版人の責任でもあった。

一九四五年以来、私たちは再び振出しに戻り、第一歩から踏み出すことを余儀なくされた。これは大きな不幸ではあるが、反面、これまでの混沌・未熟・歪曲の中にあった我が国の文化に秩序と確たる基礎を齎らすためには絶好の機会でもある。角川書店は、このような祖国の文化的危機にあたり、微力をも顧みず再建の礎石たるべき抱負と決意とをもって出発したが、ここに創立以来の念願を果すべく角川文庫を発刊する。これまで刊行されたあらゆる全集叢書文庫類の長所と短所とを検討し、古今東西の不朽の典籍を、良心的編集のもとに、廉価に、そして書架にふさわしい美本として、多くのひとびとに提供しようとする。しかし私たちは徒らに百科全書的な知識のジレッタントを作ることを目的とせず、あくまで祖国の文化に秩序と再建への道を示し、この文庫を角川書店の栄ある事業として、今後永久に継続発展せしめ、学芸と教養との殿堂として大成せんことを期したい。多くの読書子の愛情ある忠言と支持とによって、この希望と抱負とを完遂せしめられんことを願う。

一九四九年五月三日

角川文庫ベストセラー

百年の迷宮
ドラキュラ城の舞踏会　赤川次郎

卒業式は真夜中に　赤川次郎

禁じられたソナタ(上)　赤川次郎

禁じられたソナタ(下)　赤川次郎

いつか他人になる日　赤川次郎

ルーマニアの山奥で地中深く埋れた中世の城が発見された。昨日まで誰かがいたような気配がするその城に飾られた一枚の肖像画。それは日本に住む少女、美奈と瓜二つだった！〈百年の迷宮〉シリーズ第二弾。

高校2年生の如月映美は卒業式の後、誰もいない教室で鳴っている携帯を見つける。思わず中を見てしまうと、そのメールには、学校での殺人予告が！　映美の人生は、思わぬ方向へ転がり始める。

祖父の臨終の際、孫娘の有紀子は「決して弾いてはならない」という〈送別のソナタ〉と題する楽譜を託される。遺言通り楽譜をしまったはずだったが、有紀子の周りでは奇怪な事件が起こりはじめ――。

隠したはずの〈送別のソナタ〉が、持ち出されていることが分かった有紀子。学院の運営を前学長から任されていた園井は、その曲の存在と恐ろしさを知っているようだった……赤川ホラーを代表する名作が再び！

ひょんなことから、3億円を盗み、分け合うことになった男女5人。共犯関係の彼らは、しかし互いの名前さえ知らない――。それぞれの大義名分で犯罪に加担した彼らに、償いの道はあるのか。社会派ミステリ。

角川文庫ベストセラー

さすらい　赤川次郎

日本から姿を消した人気作家・三宅。彼が遠い北欧の町で亡くなったという知らせを受けた娘の志穂は、遺骨を引き取るため旅立つ。最果ての地で志穂を待ち受けていたものとは。異色のサスペンス・ロマン。

君を送る　赤川次郎

〈染谷通商〉の幹部会で、社長の提案した新規事業への参入に反対したとして、営業部長・矢沢の首が飛んだ。入社した頃から世話になっていた深雪は矢沢の送別会をやろうとするが、やはり前途多難で……。

ハムレットは行方不明　赤川次郎

大学生の綾子がたまたま撮った写真の中に、行方不明だった教授の息子が写っていた！　そこから巻き起こる新たな殺人事件……シェイクスピアの『ハムレット』の設定を現代に移して描いたユーモアミステリ。

女社長に乾杯！　赤川次郎

地味で無口な社員・伸子が、会社のメインバンクの実力者から社長に指名された！　パワフルな秘書と元営業部長の力を借りながら、社内改革に乗り出す！　そんな時、前社長の愛人が殺されて……痛快ミステリ。

沈める鐘の殺人　赤川次郎

名門女子学院に赴任した若い女教師はいきなり夜の池で美少女を救う。折しも、ひと気のない校内で鐘が暗く鳴り、不吉な予感が……女教師の前に出現する不可解な出来事。奇妙な雰囲気漂う青春推理長編。

角川文庫ベストセラー

三毛猫ホームズの恋占い　赤川次郎

「あなたが私の夫になる人です」。張り込み中、駆け寄ってきた女子高生の言葉に絶句する片山刑事。彼女は占い師に「公園のベンチに置いたハンカチを拾った人が運命の人」と言われたという！　シリーズ第35弾！

三毛猫ホームズの最後の審判　赤川次郎

警視庁の片山刑事と晴美の前に現れたのは〝この世の終りが来る〟と唱える人々たち。彼らの〈教祖〉様とは一体……!?　事件の真相を求め片山刑事が三毛猫ホームズと共に奇妙な事件を解決していく！　第36弾。

三毛猫ホームズの花嫁人形　赤川次郎

挙式直前の花嫁が殺害された。遺体に残されていた花嫁人形と同様のものが、大女優・草刈まどかの婚約会見の直後にも発見され、さらに第二、第三の事件が起こる。大人気シリーズ第37弾。

三毛猫ホームズの仮面劇場　赤川次郎

謎の人物に集められた3人の男女。他人同士の彼らへの依頼は、「仮面の家族」となり、湖畔のロッジ〈霧〉で1カ月を過ごすこと！　仮面の下の真相をホームズたちが追う、シリーズ第38弾！

三毛猫ホームズの戦争と平和　赤川次郎

親戚の法事の帰り、道に迷ったホームズ一行は、車の大爆発に遭い、それぞれ敵対する別々の家に助け出される。しかも、ホームズは行方不明になってしまい……争いを終わらせることができるのか!?　第39弾。

角川文庫ベストセラー

花嫁シリーズ①
忙しい花嫁
赤川次郎

大学二年の亜由美はクラブの先輩田村の結婚披露宴に招かれたが、どうも様子がおかしいのだ。その上、田村が「そっくりだが、花嫁は別の女だ」と言い残し、ハネムーンへ。そして殺人が。

花嫁シリーズ⑭
待ちわびた花嫁
赤川次郎

結婚披露宴の直前、新郎が現金強奪事件の犯人として逮捕された！　三人の共犯者の名も、奪った二億円の隠し場所もしゃべらず、十年の刑を終えて刑務所を出てきた彼を待っていたのは、かつての花嫁だった。

花嫁シリーズ⑮
花嫁は女戦士
赤川次郎

塚川亜由美が誘拐された！　亜由美を連れ去ったのは、日本人女性と外国人男性のカップル。二人は南米某国の反政府ゲリラらしい。国際的な争いに巻き込まれ、危機一髪の亜由美の運命は？

花嫁シリーズ⑯
モンスターの花嫁
赤川次郎

大学教授の孫娘が、殴る蹴るの暴行を受けた。教授のところにレポート提出に行って事件を目撃した亜由美の証言で犯人が浮かび上がったが、果たして彼が真犯人なのだろうか——？

花嫁シリーズ⑰
花嫁よ、永遠なれ
赤川次郎

新婚夫婦の夫がハネムーンから帰ってきたところで逮捕された。容疑は殺人。なんとハネムーン先で少女を殺害したというのだが。真相を確かめるため亜由美が捜査に乗り出す！

角川文庫ベストセラー

花嫁シリーズ⑱
野獣と花嫁
赤川次郎

女子大生亜由美はホテルのラウンジで、昔の家庭教師・岐子と出会った。岐子の友人が挙げた、まさに「美女と野獣」の結婚式。それから一年、山荘でのパーティで事件が。亜由美とドン・ファンは山荘に駆けつける。

花嫁シリーズ⑲
標的は花嫁衣裳
赤川次郎

「つかがわあゆみ様——」。デパートの館内放送で呼び出された塚川亜由美。しかし案内所には、もう一人〈つかがわあゆみ〉と名乗る女性が。そして次の瞬間、案内所に銃声が轟いた！

花嫁シリーズ⑳
舞い下りた花嫁
赤川次郎

社長が行方不明になったタレント事務所でアルバイト中の亜由美。事務所が借金を抱えていて、新人タレントがその「担保」にさせられると聞き、抗議したら、なぜか新社長にさせられて！

花嫁シリーズ㉑
毛並みのいい花嫁
赤川次郎

女子大生・亜由美が従兄の結婚式へいくと、花嫁はなんと犬！　周囲の目の気にせず、二人は新婚旅行へ。しかし、その先で花嫁は何者かに誘拐されてしまう。亜由美とドン・ファンの名コンビが事件に挑む。

花嫁シリーズ㉓
花嫁たちの深夜会議
赤川次郎

深夜の街で植草は、ビルでこっそりと開かれている女だけの会議を目撃する。一方、女子大生の亜由美は夜道で酔っ払いを撃退したが、その男は、喉をかき切られて死んでしまう。誰が何のために殺したのか？

角川文庫ベストセラー

天使と悪魔①
天使と悪魔
赤川次郎

おちこぼれ天使と悪魔の地上研修レッスン一。天使は少女に悪魔が犬に姿を変えて地上へ降りた所は、人のいい刑事が住むマンション。殺人事件に巻きこまれた二人が一致協力して犯人捜しに乗り出す。

天使と悪魔②
天使よ盗むなかれ
赤川次郎

おちこぼれ天使マリと悪魔・犬のポチがもぐり込んだ独身女社長宅に、謎の大泥棒〈夜の紳士〉が忍び込んだ！　事件解決に乗り出してきたのは超ドジ刑事。泥棒と刑事の対決はどうなる？

天使と悪魔③
天使は神にあらず
赤川次郎

落ちこぼれ天使と悪魔の地上レッスン三。さて今回は、欲にあふれた新興宗教の総本山で自分とそっくりの教祖様の代役を務めることになったマリ。ここは天国それとも地獄？

天使と悪魔④
天使に似た人
赤川次郎

地上研修に励む〝落ちこぼれ〟天使マリの所に、突然大天使様がやってきた。善人と悪人の双子の兄弟が、天国と地獄へ行く途中で入れ替わって生き返ってしまった！

天使と悪魔⑤
天使のごとく軽やかに
赤川次郎

落ちこぼれ天使のマリと、地獄から叩き出された悪魔のポチ。二人の目の前で、若いカップルが心中した！　直前にひょんなことから遺書を預かったマリ。父親に届けようとしたが、TVリポーターに騙し取られ。

角川文庫ベストセラー

鼠、滝に打たれる　赤川次郎

「縁談があったの」鼠小僧次郎吉の妹、小袖がもたらした報せは、微妙な関係にある女医・千草と、さる大名の子息との縁談で……恋、謎、剣劇——。胸躍る物語の千両箱が今開く！

セーラー服と機関銃　赤川次郎ベストセレクション①　赤川次郎

父を殺されたばかりの可愛い女子高生星泉は、組員四人のおんぼろやくざ目高組の組長を襲名するはめになった。襲名早々、組の事務所に機関銃が撃ちこまれ、早くも波乱万丈の幕開けが——。

セーラー服と機関銃・その後——卒業——　赤川次郎ベストセレクション②　赤川次郎

星泉十八歳。父の死をきっかけに〈目高組〉の組長になるはめになり、大暴れ。あれから一年。少しは女らしくなった泉に、また大騒動が！　待望の青春ラブ・サスペンス。

プロメテウスの乙女　赤川次郎ベストセレクション⑤　赤川次郎

近未来、急速に軍国主義化する日本。少女だけで構成される武装組織『プロメテウス』は猛威をふるっていた。戒厳令下、反対勢力から、体内に爆弾を埋めた3人の女性テロリストが首相の許に放たれた……。

探偵物語　赤川次郎ベストセレクション⑥　赤川次郎

辻山、四十三歳。探偵事務所勤務。だが……クビが危うくなってきた彼に入った仕事は。物語はたった六日間。中年探偵とフレッシュな女子大生のコンビで贈る、ユーモアミステリ。